Petits

L A

Agrégé des Lettres

Les Métamorphoses

Ovide

Extraits

Poème mythologique

Édition traduite, présentée,
annotée et commentée
par Frédéric LE BLAY, ancien élève
de l'École normale supérieure, agrégé
des lettres, maître de conférences
de langue et littérature latines
à l'université de Nantes

SOMMAIRE

Avant d'aborder l'œuvre

Les Métamorphoses

Ovide

ISBN : 978-2-03-584639-6

AVANT D'ABORDER L'ŒUVRE

Fiche d'identité de l'auteur

Ovide

Nom : Ovide (Publius Ovidius Naso).

Date et lieu de naissance : le 13 des calendes d'avril (20 mars dans notre calendrier) de l'an 711 depuis la fondation de Rome (43 av. J.-C.), à Sulmone, petite ville des Abruzzes, située à environ 135 kilomètres à l'est de Rome.

Famille : son père appartient à l'ordre des chevaliers (catégorie de la population la plus fortunée après celle des sénateurs).

Jeunesse et formation : destiné au métier d'avocat, préalable requis pour se lancer dans la carrière politique, Ovide reçoit une éducation soignée. Il est envoyé de très bonne heure à Rome pour y étudier la rhétorique auprès des meilleurs professeurs. À dix-sept ans, les exercices publics de déclamation (composition et lecture de discours fictifs) lui font connaître ses premiers succès. À dix-huit ans, il entreprend le traditionnel voyage en Grèce, berceau des arts et de la littérature : ce séjour couronne l'éducation de tout jeune Romain de bonne famille. Il en profite pour visiter également l'Asie Mineure et la Sicile. Il se livre ensuite à sa carrière littéraire.

Œuvres : poèmes amoureux et grandes compositions épiques.

L'exil et les dernières années : en 8 apr. J.-C., Ovide, alors au sommet de sa gloire, est condamné à l'exil par l'empereur Auguste, pour des motifs difficiles à établir. Il est envoyé aux confins de l'empire, sur les bords du Pont-Euxin (actuelle mer Noire), à Tomes, petite ville de garnison située à l'embouchure du Danube. Récemment conquise, la contrée est encore barbare et le climat y est très rude. Le poète y multiplie plaidoyers et suppliques pour obtenir la grâce impériale. Ces lettres poétiques où il déplore son malheur seront rassemblées en deux recueils, les *Tristes* et les *Pontiques*. En vain, il ne sera jamais autorisé à revoir l'Italie et meurt en 17 apr. J.-C. Il avait également occupé les six ou sept ans de cette misérable existence à retoucher *Les Métamorphoses*, qu'il considérait comme son chef-d'œuvre.

Petite histoire...

Premiers succès poétiques

Ovide décide très tôt de se consacrer à la poésie, vers laquelle un penchant très prononcé l'attire depuis l'enfance. Il doit lutter contre les résistances de son père, qui cherche à le détourner de cette vocation peu lucrative. Fréquentant les cercles lettrés et les beaux esprits de la capitale, il se lie d'amitié avec les poètes déjà célèbres (Gallus, Horace, Tibulle) et les jeunes talents de sa génération (Properce). Il devient le poète de l'amour et ses premières compositions rencontrent immédiatement la faveur de la haute société de Rome : son premier recueil, *Les Amours*, où il chante sa liaison avec une amante imaginaire, Corinne, lui confère la célébrité. Suivront *Les Héroïdes*, lettres fictives d'amoureuses de la mythologie (Pénélope, Phèdre, Didon, Ariane, Médée, Hélène, etc.) à leurs amants, *Les Fards*, *L'Art d'aimer*, *Les Remèdes à l'amour*, sortes de manuels de l'amour, et une tragédie, *Médée*, dont nous n'avons conservé que deux vers.

Les grands poèmes mythologiques

Ovide abandonne ensuite l'inspiration amoureuse pour une poésie plus élevée destinée à chanter les hauts faits du passé et de la tradition légendaire tout en glorifiant Rome et son nouveau guide, l'empereur Auguste. Il écrit ainsi *Les Métamorphoses* et *Les Fastes*, œuvre destinée à illustrer par la fable le calendrier religieux romain. Il ne pourra achever les douze livres prévus de cette seconde œuvre en raison de la sévère condamnation qui le frappe.

Une œuvre rescapée

Dans un premier moment de désespoir faisant suite à sa condamnation, Ovide voulut détruire son poème avant de quitter l'Italie. Mais ses amis en possédaient des copies qu'ils lui adressèrent finalement sur sa demande afin qu'il pût en corriger les imperfections.

Repères chronologiques

Vie et œuvre d'Ovide	*Événements politiques et culturels*
	– 44 avant J.-C. Assassinat de César.
– 43 avant J.-C. Naissance à Sulmone.	**– 43 avant J.-C.** Mort de Cicéron, orateur et philosophe, grand homme politique.
	– 31 avant J.-C. Octave bat Marc Antoine à Actium ; tous deux se disputaient l'héritage de César.
	– 29 avant J.-C. Virgile, *Géorgiques*.
– 27 avant J.-C. Ovide est envoyé à Rome pour étudier la rhétorique.	**– 27 avant J.-C.** **Octave devient Auguste et instaure un nouveau régime politique mettant fin à la République.** Virgile commence la composition de son *Énéide*. Tite-Live commence son *Histoire de Rome depuis la fondation.*
– 26 avant J.-C. Premier mariage.	
– 25 avant J.-C. Première lecture publique de ses compositions poétiques et début de la rédaction des *Amours*.	
	– 23 avant J.-C. Horace, *Odes*.
– 24 avant J.-C. Magistratures policière (*triumvir*) et judiciaire (*centumvir*) à Rome.	
	– 19 avant J.-C. Mort de Virgile et de Tibulle. **Publication de *L'Énéide*.**
vers – 20 avant J.-C. Périple en Grèce, en Asie et en Sicile et début de la rédaction des *Héroïdes.*	
– 15 avant J.-C. **Publication des *Amours*, qui remportent un grand succès.**	**– 15 avant J.-C.** Mort de Properce.
	– 13 à – 9 avant J.-C. Construction de l'*Ara Pacis Augustae* (autel de la Paix), destiné à glorifier

Repères chronologiques

Vie et œuvre d'Ovide	*Événements politiques et culturels*
	Auguste et à célébrer la concorde civile et la paix revenues.
– 12 avant J.-C. Second mariage qui lui donne une fille. Lecture publique de la tragédie *Médée*.	**– 12 à – 8 avant J.-C.** Conquête de la Germanie.
– 1 avant J.-C. Publication des deux premiers livres de *L'Art d'aimer*.	**– 1 avant J.-C.** Julie, fille d'Auguste, est exilée pour immoralité.
An 0 Troisième mariage.	
1 après J.-C. *Les Fards*, *L'Art d'aimer* (3e livre), *Les Remèdes à l'amour*. **Début de la rédaction des *Métamorphoses* et des *Fastes*.**	
8 après J.-C. Publication d'une partie des *Héroïdes*. **Condamnation à l'exil.**	
14 après J.-C. *Les Tristes*, *Les Pontiques*. Demandes de grâce.	**14 après J.-C.** Mort d'Auguste ; Tibère prend la succession.
17 après J.-C. **Mort à Tomes, son lieu d'exil.**	**17 après J.-C.** Mort de l'historien Tite-Live.

Fiche d'identité de l'œuvre

Les Métamorphoses

Auteur : Ovide (Publius Ovidius Naso).
L'œuvre était déjà en partie connue du public en 8 apr. J.-C., date où son auteur est condamné à l'exil.
Le poète ne cessa ensuite d'y apporter corrections et ajouts jusqu'à sa mort, en 17 apr. J.-C.
Il considérait ce texte comme son chef-d'œuvre.

Genre : poème mythologique.

Forme : récits enchaînés composés dans le vers traditionnel de l'épopée grecque et latine (hexamètre dactylique) ; le narrateur est tantôt le poète lui-même, tantôt l'un des personnages du poème (plusieurs récits sont enchâssés les uns dans les autres).

Structure : quinze livres totalisant plus de douze mille vers ; environ deux cent cinquante fables ou mythes.

Principaux personnages : dieux et déesses, héros et héroïnes de la mythologie, rois et reines, mais également quelques personnages historiques (notamment dans le dernier livre consacré à l'histoire de Rome) et quelques mortels, souvent issus du petit peuple (la tisseuse Arachné, les paysans de Lycie, Philémon et Baucis).

Sujet : le poète narre l'histoire du monde depuis ses origines jusqu'à l'époque contemporaine (Jules César) ; cette histoire est conçue comme une longue suite de métamorphoses diverses. Causées par la volonté des dieux, elles affectent les mortels soit comme châtiment, soit comme récompense de leur piété.
Elles sont parfois le fruit de sorts ou de charmes magiques (Ulysse et Circé). Elles sont aussi l'une des ruses auxquelles les dieux recourent pour se mêler aux mortels.

Petite histoire…
Les Métamorphoses

Du mythe à la mythologie

Par « mythes », les Anciens désignaient les fables et légendes issues d'une longue tradition par lesquelles ils expliquaient le monde, la naissance de leurs nations et de leurs cités ou l'origine des cultes et des coutumes auxquels ils se livraient. Renvoyant généralement aux temps les plus reculés, faisant intervenir dieux et héros, mêlant le merveilleux au monde des mortels, ces mythes étaient plus ou moins célèbres, certains largement répandus et connus de tous, sous différentes variantes, d'autres relevant de traditions locales plus obscures. Leur transmission se fit d'abord par voie orale avant de donner lieu à une littérature. Leur mise à l'écrit donna lieu à l'apparition d'une littérature abondante empruntant différentes formes (récits poétiques, tragédies, hymnes, etc.) et à la constitution d'une véritable science, la mythologie, dont l'objet était la compilation et le commentaire, sous formes d'ouvrages érudits, de ces récits et de leurs variantes. Ces écrits savants pouvaient alimenter l'inspiration des poètes et des artistes.

Le vers de l'épopée

La poésie des Anciens n'obéit pas aux mêmes règles que notre poésie moderne. Les vers ne se définissent pas par la quantité de syllabes qu'ils renferment mais par des combinaisons rythmiques faisant intervenir syllabes longues et syllabes brèves. Le vers dans lequel *Les Métamorphoses* sont composées, l'hexamètre dactylique, est très ancien : employé par Homère, considéré dès lors comme le vers noble par excellence, il caractérise la poésie épique et l'inspiration élevée.

Pour mieux lire l'œuvre

Au temps d'Ovide

Le thème de la métamorphose

Ovide avait consacré sa jeunesse à célébrer l'amour. Après le succès que cette inspiration lui valut, il pensa sans doute que son ambition et son talent devaient se porter sur un genre différent, plus élevé et plus noble. Il ne se tourna cependant pas vers l'épopée, genre que son aîné Virgile venait de porter à son sommet. En choisissant le motif mythologique de la métamorphose, il prit le parti de puiser au sein d'une tradition grecque qui n'avait pas encore d'équivalent à Rome. La croyance aux changements de forme auxquels les mortels pouvaient être sujets était fort répandue dans l'imaginaire grec, et les légendes les plus anciennes abondaient de ces miracles par lesquels la divinité châtie, la plupart du temps, l'orgueil et l'immoralité des hommes. La métamorphose faisait également partie des pouvoirs que l'on attribuait aux divinités, capables de revêtir toutes les apparences pour parvenir à leurs fins. Depuis les premiers poètes, les allusions à ces transformations fabuleuses parcouraient la littérature.

Les sources

Avant Ovide, ces allusions à des transformations fabuleuses avaient déjà donné lieu à la rédaction de recueils thématiques savants. S'ils sont aujourd'hui perdus, des écrits postérieurs nous permettent néanmoins d'en garder la trace. Ainsi une compilation réalisée entre la fin du IIe siècle et le début du IIIe siècle de l'ère chrétienne par Antoninus Liberalis résume brièvement, en grec, quarante et un récits issus de divers ouvrages de métamorphoses. L'un des manuscrits grâce auxquels ce texte nous a été transmis propose, en marge, le nom des auteurs ainsi que les ouvrages qui avaient traité un sujet de ce genre : les ouvrages mentionnés portent des titres qui renvoient tous à ce motif de la métamorphose, *Metamorphoseis*, *Alloioseis*, *Heteroioumena* – tous ces mots grecs signifiant l'idée de changement ou de transformation. L'un d'entre eux, intitulé

Ornithogonia, suggère que le recueil en question regroupait exclusivement des fables relatives aux métamorphoses en oiseaux. De tels écrits ont très probablement servi de source d'inspiration pour Ovide. Nicandre de Colophon, l'auteur des *Ornithogonia*, vécut en effet au IIIe siècle avant J.-C. et ses écrits semblent avoir connu une certaine popularité. Ovide nous apprend lui-même au détour d'un de ses poèmes que son ami Aemilius Macer avait traduit en latin les *Ornithogonia* de Nicandre, qu'il lui avait souvent lues. D'autres auteurs, plus proches dans le temps, ont pu également compléter la culture littéraire d'Ovide en la matière : le Grec Parthenios de Colophon, fixé en Italie quelques décennies avant la naissance de notre poète, avait composé des *Métamorphoses*. À l'époque correspondant aux années de jeunesse d'Ovide, un certain Conon avait rédigé un recueil de cinquante récits reprenant diverses légendes héroïques ou divines, dont certaines seront reprises par notre poète. Le grand orateur et philosophe romain Cicéron avait lui-même écrit un poème, *Les Alcyons*, contant une métamorphose en oiseaux, preuve de la popularité de ce sujet.

Ovide et la tradition

Mais, plutôt que de chercher à identifier les modèles littéraires qu'Ovide pouvait avoir, il semble plus évident de considérer qu'il tirait avant tout ses histoires de sa culture personnelle, formée au hasard de ses nombreuses lectures et de ses voyages. En effet, l'ensemble de ces fables mythologiques relevait tout autant du savoir des lettrés que de traditions populaires connues du plus grand nombre. Transmises oralement de générations en générations, et de la sorte embellies, modifiées ou chargées de détails nouveaux, elles faisaient partie de l'imaginaire des Anciens et des connaissances acquises par les enfants dès leur plus jeune âge, au même titre que les épisodes bibliques pour le Moyen Âge chrétien, les contes des *Mille et Une Nuits* dans le monde arabe ou les contes de Perrault et de Grimm de nos jours. Les fresques et mosaïques des riches maisons représentaient abondamment ces légendes, tout comme les vitraux et bas-reliefs des églises racontaient en images les épisodes de l'Ancien et du Nouveau Testament. Il n'était pas nécessaire de savoir lire pour avoir accès à cette culture. Ovide fut toutefois un lecteur insatiable et ses poèmes d'exil nous apprennent que l'un des aspects les plus pénibles de ses dernières années fut le manque de livres pour exciter son imagination.

Enfin, le long voyage qu'il fit en Grèce et en Asie au cours de sa jeunesse dut jouer un rôle essentiel dans la formation de sa culture. Il parcourut en véritable pèlerin les hauts lieux de l'histoire et du passé grecs, la Grèce elle-même, les îles de la mer Égée, la Troade (région de Troie), la Crète, île de Minos et du Labyrinthe, et la Sicile, où il s'attarda. Ce périple lui laissa incontestablement de nombreux souvenirs qui purent donner lieu à la rédaction de certains épisodes des *Métamorphoses*, ainsi qu'un goût pour la géographie, que l'on retrouve nettement dans certains passages de l'œuvre. En visitant tous ces lieux, il avait pu apprendre beaucoup sur leurs traditions. Certaines fables qu'il nous livre ne se retrouvent chez aucun autre auteur antique – c'est le cas de la légende de Philémon et Baucis – et pourraient avoir pour origine une légende locale. Chaque ville, chaque bourgade du monde grec avait en effet ses héros fondateurs, ses divinités protectrices et ses fables issues des temps les plus lointains.

Singularité d'Ovide

En somme, si Ovide a bien eu des modèles dans le genre de la métamorphose, s'il a bien dû s'inspirer ponctuellement de l'un ou de l'autre, il faut considérer les *Métamorphoses* comme une œuvre où le poète laisse libre cours à son imagination qu'il a féconde. Il y mêle une multitude de références et d'allusions empruntées à ses lectures mais aussi aux œuvres d'art qu'il pouvait avoir eues sous les yeux – les mythes constituant le sujet privilégié des peintres et des sculpteurs de l'Antiquité –, dans une composition souple et foisonnante donnant l'impression d'un texte écrit au fil de l'imagination.

L'essentiel

Pour les Anciens, la mythologie n'est pas qu'une affaire de savants et de lettrés. Même si elle représente l'un des domaines privilégiés de l'écriture poétique et littéraire, elle appartient à la culture commune des populations des villes et des campagnes. Dans un monde où la religion, le sacré et la magie font partie du quotidien, les fables relatives aux divinités et aux héros du passé sont connues et appréciées de tous.

Les Métamorphoses, hier et aujourd'hui

Les poèmes homériques mis à part, aucune œuvre antique n'a été plus populaire. Les graffiti retrouvés sur les murs de Pompéi, détruite en 79 apr. J.-C., attestent de cette popularité dans l'Italie romaine. L'œuvre éveillait la curiosité et l'émerveillement de tous ses lecteurs.

Le Moyen Âge nous a laissé un nombre très important de manuscrits et les traductions du texte se multiplièrent rapidement dans de nombreuses langues avant même l'invention de l'imprimerie et la vogue extraordinaire qu'allait connaître Ovide à la Renaissance. De nombreux textes du Moyen Âge empruntent aux *Métamorphoses*. Ainsi le *Roman de la Rose* reprend les légendes de Narcisse et de Pygmalion. Chrétien de Troyes écrivit une adaptation du poème ovidien. Plus tard, on cherchera même à commenter le texte pour le faire concorder avec l'Écriture sainte et les épisodes bibliques.

Avec l'apparition de l'imprimerie, les éditions se multiplient, faisant des *Métamorphoses* un véritable best-seller de la Renaissance. Parmi les caractéristiques et les attraits qui distinguent ces éditions d'Ovide, il faut mettre en avant la richesse des illustrations auxquelles elles donnent lieu. Le thème de la métamorphose se prêtait en effet naturellement au travail des artistes : l'abondance des gravures anciennes conservées à ce jour témoigne de la richesse figurative de l'œuvre. Du XVIe au XVIIe siècle, le poème d'Ovide fut l'une des références majeures des peintres et des sculpteurs, de même que de nombreux châteaux et palais furent ornés de représentations de ses épisodes. Les jardins de Versailles sont comme une galerie de métamorphoses tout droit sorties du poème latin, avec notamment les deux fameuses fontaines représentant Apollon sur son char (on pense à la légende de Phaéthon) ou la transformation des paysans lyciens en grenouilles. À la même époque, La Fontaine qui, dans ses fables, mêle humanité et bestialité, reprit à Ovide plusieurs de ses récits. L'intérêt pour l'œuvre d'Ovide connut ensuite une éclipse (XVIIIe-XIXe siècles) avant de redevenir une source d'inspiration majeure pour les artistes du XXe siècle, poètes, romanciers, peintres, sculpteurs et musiciens, la réflexion sur la forme, sur les transformations de la matière associée à la volonté de transfigurer le réel et la nature constituant l'un des enjeux fondamentaux de l'art moderne et contemporain.

Enfin, dans la culture populaire contemporaine, l'inspiration fantastique exploite largement le thème de la métamorphose : la science-fiction, le cinéma fantastique, la bande dessinée regorgent de personnages capables de changer de forme ou présentant des caractéristiques empruntées au règne animal, végétal ou minéral (mutants en tous genres, *X-Men, Quatre Fantastiques,* ou *Marvel super heroes* des comics américains).

L'essentiel

Ovide est l'un des plus grands poètes de l'Antiquité autant par le volume et la valeur de son œuvre que par l'influence qu'elle a exercée sur la littérature et les arts du Moyen Âge jusqu'à aujourd'hui. Le thème de la métamorphose reste un sujet incontournable de l'imaginaire et de la pratique artistique.

Les Métamorphoses

Ovide

Extraits

Poème mythologique

Les origines du monde

AVANT LA MER, les terres et le ciel qui recouvre tout, la nature n'offrait de par l'univers entier qu'un seul aspect ; on l'a appelé chaos, une masse grossière et sans ordre, qui n'était rien d'autre qu'un poids inerte, que les particules désunies et amassées d'éléments sans aucun lien entre eux. Jusqu'alors, aucun Titan n'offrait sa lumière au monde[1], Phoebé ne se redonnait pas en croissant de cornes[2] nouvelles, la terre n'était pas suspendue, entourée par l'air, équilibrée par son propre poids, et Amphitrite[3] n'avait pas étendu ses bras le long des rivages terrestres. Il y avait bien la terre, la mer et l'air, mais la terre n'était pas stable, les eaux n'étaient pas navigables et l'air manquait de lumière ; rien ne pouvait garder sa forme et les éléments s'opposaient entre eux, car, en un même ensemble, le froid luttait avec le chaud, l'humide avec le sec, le mou avec le dur, le léger avec le lourd.

Un dieu, avec la nature devenue meilleure, mit fin à ce désaccord ; il sépara les terres d'avec le ciel et les eaux d'avec les terres et distingua le ciel fluide de l'air épais. Après avoir dégagé ces éléments et les avoir enlevés à la masse ténébreuse, donnant à chacun une place distincte, il les unit en une paix harmonieuse. Le feu vif et léger de la voûte céleste se mit à briller et s'installa dans la plus haute région du monde. L'air est le plus proche de lui par sa légèreté et sa situation ; la terre, plus dense, attira à elle les éléments lourds et se tassa sous son propre poids ; l'eau, se répandant

---

1. **Aucun Titan n'offrait sa lumière au monde :** le Soleil, Hélios ou Phoebus, est le fils du Titan Hypérion. De même la Lune, Phoébé ou Séléné, est fille d'un Titan puisqu'elle est la sœur du Soleil. Les Titans sont les enfants mâles d'Ouranos, le Ciel, et de Gaia, la Terre. Ils appartiennent à la génération divine primitive, et le plus jeune d'entre eux est Cronos, d'où sortira la génération des dieux de l'Olympe. Ils ont six sœurs, les Titanides, avec lesquelles ils s'unirent pour engendrer une série de divinités secondaires.
2. **Cornes :** synonyme de « croissants ».
3. **Amphitrite :** fille des dieux marins Nérée et Doris, elle est devenue chez les poètes une personnification de la mer.

tout autour, prit la dernière place et enferma le disque solide des terres[1].

Lorsque le dieu, quel qu'il fût, eut ainsi partagé et ordonné l'amas informe et qu'il l'eut divisé en parties, il commença par rassembler la terre sous la forme d'un grand disque, afin qu'elle ne présentât aucune inégalité sur aucun de ses côtés. Ensuite, il répandit les flots et leur ordonna de s'enfler sous le souffle des vents impétueux et d'entourer pour les encercler les côtes de la terre. Il ajouta également des sources, d'immenses étangs, des lacs et il entoura de rives pentues les lits des fleuves qui, en des lieux divers, tantôt sont engloutis par la terre elle-même, tantôt arrivent jusqu'à la mer et, reçus dans cette étendue aux eaux plus libres, battent non plus les rives mais les côtes. Il ordonna aussi aux plaines de s'étendre, aux vallées de se creuser, aux forêts de se couvrir de feuillage, aux montagnes rocheuses de s'élever. Et de même que deux zones divisent le ciel à droite, tout autant à gauche, et qu'il y en a une cinquième plus chaude que les autres, de même la masse pesante que le ciel enveloppe fut divisée par les soins du dieu en autant de parties et autant de régions terrestres. L'une d'elles, celle du milieu, n'est pas habitable à cause de la chaleur ; une neige épaisse en recouvre deux autres ; le dieu en plaça deux autres entre elles, auxquelles il donna un climat tempéré, l'ardeur du soleil y étant mêlée au froid.

Au-dessus s'étend l'air ; autant il est plus léger que la terre, plus léger que l'eau, autant il est plus lourd que le feu. Là, le dieu ordonna aux brouillards et aux nuages de s'installer, avec les tonnerres qui effrayent les esprits des hommes et les vents qui causent la foudre et les éclairs. Mais à ces derniers l'architecte du monde ne permit pas d'occuper les airs au hasard ; aujourd'hui encore, bien que chacun dirige son souffle selon une trajectoire différente, on peut à peine les empêcher de déchirer le monde, tellement la discorde entre ces frères[2] est grande. Eurus se retira vers l'Aurore, le royaume des Nabatéens, la Perse et les sommets touchés par les rayons matinaux ; Vesper et les rivages que réchauffe

1. **Le disque solide des terres :** les Anciens se représentaient la Terre non comme une sphère mais comme un disque.
2. **Ces frères :** les vents, Zéphyr (ouest), Borée (nord), Eurus (est), Notus ou Auster (sud), sont des frères. Dans la tradition suivie par Ovide, ils sont fils d'Éole.

le soleil couchant sont voisins de Zéphyr ; l'effrayant Borée envahit la Scythie et le Septentrion ; à l'opposé, la terre est détrempée par les nombreux nuages et la pluie d'Auster. Au-dessus d'eux, le dieu plaça l'éther[1], fluide et sans pesanteur, dépourvu de toute impureté terrestre. Il avait à peine séparé tous les éléments en leur fixant des limites que les étoiles, longtemps cachées sous la masse qui les écrasait, commencèrent à fourmiller dans tout le ciel. Et, afin qu'aucune région ne restât dépourvue de ses êtres vivants, les astres, ainsi que les corps des dieux, occupèrent les contrées célestes, les eaux firent une place aux poissons brillants, la terre accueillit les bêtes sauvages, et l'air léger les oiseaux.

Livre I, vers 5-75.

L'homme

UN ANIMAL plus saint et plus digne d'une haute intelligence, qui puisse dominer les autres, manquait encore. L'homme naquit ; ou bien le créateur de toutes choses, auteur d'un monde meilleur, le fit à partir d'une semence divine, ou bien la terre toute nouvelle, récemment soustraite des hauteurs de l'éther, conservait des semences du ciel, et le fils de Japet[2] en mélangea une aux eaux de pluie et la façonna à l'image des dieux qui gouvernent tout. Et, alors que les autres animaux ont toujours leur regard tourné vers le sol, le dieu donna à l'homme un visage élevé et lui ordonna d'observer le ciel et de porter son regard vers les astres. Ainsi, la terre, naguère grossière et sans forme, se métamorphosa et se revêtit des formes jusqu'alors inconnues des hommes.

Livre I, vers 76-88.

---

1. **L'éther :** situé au-dessus de l'air, l'éther est plus pur et plus fluide ; il est le séjour des dieux.
2. **Le fils de Japet :** Japet est un des Titans. Il eut comme fils Atlas et Prométhée. Ce dernier avait été, contre les dieux, le protecteur des hommes. D'après une légende rapportée par Deucalion (voir p. 29, l. 48-50), il aurait façonné l'homme avec de la boue.

Les quatre âges

L'ÂGE D'OR fut engendré le premier : sans justicier, sans loi, on y pratiquait spontanément la loyauté et le bien. Les châtiments et la crainte n'existaient pas ; on ne lisait pas les menaces gravées sur le bronze[1] ; la foule suppliante ne redoutait pas le visage de son juge, mais tous étaient en sécurité sans justicier. Le pin n'était pas encore, coupé sur ses montagnes, descendu vers les mers pour découvrir un monde étranger et les mortels ne connaissaient d'autres rivages que les leurs. Les fossés à pic n'entouraient pas encore les forteresses ; ni la trompette droite, ni le cor recourbé, ni le casque, ni l'épée n'existaient ; sans recours au soldat, les peuples poursuivaient en sécurité une douce existence de loisirs. La terre même, sans qu'on la sollicitât, sans être touchée par la bêche ni blessée par le soc de la charrue, donnait tout d'elle-même ; contents de ces aliments produits sans contrainte, les hommes cueillaient les fruits de l'arbousier, les fraises des montagnes, les cornouilles[2], les mûres qui s'accrochent aux ronces épineuses et les glands tombés des branches touffues de l'arbre de Jupiter. C'était un éternel printemps et les doux zéphyrs caressaient de leur souffle tiède les fleurs nées sans semence. Presque aussitôt, la terre, sans être labourée, offrait ses moissons et les champs, sans être entretenus, jaunissaient de lourds épis ; ici coulaient des fleuves de lait, là des fleuves de nectar[3] et le miel blond tombait goutte à goutte de l'yeuse verte[4].

---

1. **On ne lisait pas les menaces gravées sur le bronze :** allusion aux lois des Douze Tables, qui furent le fondement du droit romain. Elles édictaient les châtiments réservés aux crimes les plus graves. Gravées sur des plaques de bronze, on pouvait les lire au Forum.
2. **Les cornouilles :** fruits du cornouiller, arbuste commun des bois.
3. **Des fleuves de nectar :** le nectar est le breuvage des dieux, conférant l'immortalité à celui qui le boit.
4. **L'yeuse verte :** nom poétique du chêne.

Ensuite, lorsque Saturne eut été précipité dans le Tartare ténébreux[1] et que le monde fut dominé par Jupiter, survint une race d'argent, inférieur à l'or mais plus précieux que le bronze au reflet roux. Jupiter réduisit la durée de l'ancien printemps et, avec l'hiver, l'été, l'automne imprévisible et le court printemps, il répartit l'année sur quatre saisons. Alors, pour la première fois, l'air, rendu brûlant par la chaleur sèche, s'embrasa, et la glace, durcie par les vents, se forma en stalactites. Alors, pour la première fois, on s'abrita dans des maisons ; ces maisons furent des grottes, des buissons touffus et des branchages attachés avec de l'écorce. Alors, pour la première fois, les semences de Cérès[2] furent enterrées dans de longs sillons et les jeunes taureaux gémirent sous le poids du joug.

Une troisième race, de bronze, lui succéda, au caractère plus cruel et plus prompte à saisir les armes qui terrorisent ; cependant elle n'était pas criminelle. La dernière a la dureté du fer ; aussitôt, tous les sacrilèges ont fait irruption dans cet âge fait d'un métal plus vil ; l'honneur, la franchise et la loyauté ont fui. À leur place vinrent la fraude, la ruse, les pièges, la violence et l'amour criminel de la possession. Le marin mettait les voiles et les livrait à des vents qu'il connaissait encore mal ; le bois des navires, qui s'était longtemps dressé sur les hauteurs des montagnes, s'élança sur des flots inconnus et la terre qui auparavant appartenait à tous, comme la lumière du soleil et le vent, fut délimitée et marquée par le défiant arpenteur[3]. On ne se contentait plus de réclamer au sol fécond les moissons et les aliments qui étaient dus, mais on alla jusque dans les entrailles de la terre et l'on se mit à extraire les richesses qu'elle avait cachées et reléguées aux ombres du Styx[4],

---

1. **Lorsque Saturne eut été précipité dans le Tartare ténébreux :** Saturne, également connu sous le nom de Cronos (voir note 1, p. 18), fut détrôné par son fils Jupiter et précipité dans le Tartare, la région la plus profonde du monde, au-dessous des Enfers eux-mêmes.
2. **Cérès :** nom romain de la déesse grecque Déméter, déesse de la Terre cultivée et du Blé.
3. **Le défiant arpenteur :** celui qui est chargé de mesurer et de délimiter les parcelles de terre.
4. **Aux ombres du Styx :** le Styx est le fleuve des Enfers.

autant d'incitations au mal. Déjà, on avait mis au jour le fer malfaisant et l'or, plus malfaisant que le fer ; s'ensuit la guerre, où l'on combat en usant de l'un et de l'autre, où l'on entrechoque d'une main sanglante des armes retentissantes. On vit du vol ; l'hôte n'est plus en sécurité auprès de son hôte, ni le beau-père auprès de son gendre ; même entre frères, la confiance se fait rare. L'époux représente une menace de mort pour son épouse, l'épouse pour son époux ; d'affreuses marâtres[1] mélangent de livides poisons[2] ; le fils s'informe, avant le jour fatal, de l'âge de son père. La piété, vaincue, est abattue et la vierge Astrée, la dernière après tous les habitants du ciel, abandonne la terre trempée de sang.

Livre I, vers 89-150.

JUPITER aſſemble les Dieux & réſout de détruire le genre humain.

Illustration de Regnault.

---

1. **D'affreuses marâtres :** le terme « marâtre » s'applique soit à la femme du père, par rapport aux enfants qui ne sont pas nés d'elle (dans le cas d'un remariage), soit plus simplement à une mère qui se montre méchante et mauvaise envers ses enfants.
2. **De livides poisons :** les poisons mortels rendent livides (pâles comme le sont les morts).

Clefs d'analyse

Les origines du monde, L'homme, Les quatre âges

Action et personnages

1. Quelles sont les étapes de la création du monde ?
2. Quel est le statut de l'homme par rapport aux autres êtres ?
3. Comparez la longueur des passages consacrés à chacun des quatre âges : qu'en pensez-vous ?
4. Quelle nouveauté l'âge d'argent apporte-t-il ?

Langue

5. Comment le créateur du monde est-il désigné ? Relevez les termes et expressions que le poète emploie pour le désigner, lui et ses actes.
6. Relevez l'ensemble des compléments circonstanciels de lieu présents dans le récit des origines du monde.
7. Comment le poète désigne-t-il les âges successifs du monde ? Comparez ce mode de désignation avec celui utilisé aujourd'hui par les historiens.
8. Quelle forme domine dans les phrases qui décrivent l'âge d'or ?
9. À quel(s) temps les verbes décrivant l'âge d'or sont-ils (l. 14-23) ? Même question pour les verbes décrivant l'âge de fer (l. 38-61) : qu'en pensez-vous ?

Genre ou thèmes

10. Relevez dans le texte les éléments de géographie (p. 18-20, l. 1-67).
11. À quoi correspondent les cinq zones du ciel et de la terre (p. 19, l. 38-45) ?
12. Qu'est-ce qui fait de l'âge d'or un âge de paix et d'harmonie ? Pourquoi l'homme de l'âge d'or peut-il être oisif ? Comparez avec l'âge de fer.
13. Dans la relation des quatre âges, relevez les termes désignant des productions de l'activité humaine.

Écriture

14. Le monde selon Ovide : établissez une carte de l'univers décrit par Ovide et accompagnez-la d'une description.
15. Vous êtes un homme ou une femme de l'âge d'or : vous entrez dans l'âge d'argent et le premier hiver survient. Racontez.

Pour aller plus loin

16. Connaissez-vous un autre récit de la création du monde ? Comparez-le à celui que propose Ovide.

✻ *À retenir*

L'une des fonctions essentielles du mythe est d'expliquer le monde. C'est pourquoi la plupart des grands mythes ont pour sujet les origines (origines d'un peuple, d'une cité, d'une coutume, d'un culte, etc.). Ici, le poème commence par les origines du monde et de l'homme. On parle alors de cosmologie ou de récit cosmologique.

Le déluge

Le crime règne désormais sur toute l'étendue de la Terre, et Jupiter décide de punir le genre humain.

AUSSITÔT, il enferme Aquilon[1] dans les antres d'Éole et tous les vents qui font fuir les nuages amassés, et il lâche Notus[2]. Ce dernier s'envole de ses ailes humides ; son terrible visage est couvert d'un obscur brouillard ; sa barbe est chargée de nuages, l'eau s'écoule de ses cheveux blancs, des brumes couvrent son front, ses ailes et sa poitrine ruissellent. Et, lorsqu'il a pressé de sa large main les nuées[3] suspendues, un fracas se fait entendre ; d'épais nuages répandent ensuite leurs pluies du haut de l'éther[4]. La messagère de Junon, Iris[5], revêtue de diverses couleurs, rassemble les eaux et alimente les nuages. Les moissons sont renversées et le cultivateur pleure ses espoirs qui gisent sur le sol : le vain labeur d'une longue année est anéanti. Mais la colère de Jupiter ne se limite pas au ciel, son domaine : son frère azuré[6] lui apporte l'aide de ses eaux. Il convoque les fleuves ; ceux-ci se rendent dans la demeure de leur maître : « Nul besoin d'une longue exhortation, dit-il. Déployez vos forces, il le faut. Ouvrez vos portes, écartez vos digues et laissez aller vos flots. » Il avait ordonné ; ils reviennent à leur demeure, ouvrent les bouches de leurs sources et roulent d'une course effrénée vers les mers. Le dieu lui-même frappe le sol de son trident ; il se met à trembler et ouvre dans cette secousse de larges voies aux eaux. Les fleuves, sortis de leur lit, se ruent à travers les plaines qui leur sont ouvertes ; avec les récoltes, ils emportent les arbres, les troupeaux, les hommes, les maisons, les sanctuaires et leurs objets sacrés. Si une maison a pu rester et résister à un si grand fléau sans

---

1. **Aquilon :** un des vents placés sous l'autorité d'Éole, père et roi de tous les vents.
2. **Notus :** voir note 2 p. 19.
3. **Les nuées :** les nuages.
4. **L'éther :** voir note 1 p. 20.
5. **La messagère de Junon, Iris :** déesse qui personnifie l'arc-en-ciel. Elle est la messagère de l'épouse de Jupiter.
6. **Son frère azuré :** Neptune.

être renversée, le flot, plus élevé qu'elle, en recouvre le toit. Les tours, battues par les eaux, disparaissent dans le gouffre.

Déjà, on ne pouvait plus distinguer la mer de la terre ; tout n'était qu'un océan, et à cet océan manquaient les côtes. L'un s'est installé sur une colline ; un autre est assis dans une barque recourbée et rame là où il labourait auparavant. Celui-là navigue au-dessus de ses moissons, et, du toit de sa maison engloutie, celui-ci attrape un poisson au sommet d'un orme. L'ancre se fixe, au gré du hasard, dans une verte prairie ou encore contre les vignes que viennent frotter les coques incurvées. Et, là où naguère de maigres chèvres broutaient l'herbe, des phoques informes posent leurs corps. Les Néréides[1] s'étonnent de voir sous l'eau des bois, des villes et des maisons. Les dauphins occupent les forêts ; ils s'élancent contre les hautes branches et ébranlent les chênes en les heurtant. Le loup nage au milieu des brebis, le flot emporte les lions fauves, emporte les tigres ; sa force foudroyante n'est d'aucun secours au sanglier, ni ses pattes rapides au cerf que les eaux emportent. Après avoir longtemps cherché une terre où se poser, l'oiseau errant aux ailes fatiguées tombe dans la mer.

Cet immense déchaînement de la mer avait recouvert les hauteurs et des eaux jusqu'alors inconnues battaient les sommets des montagnes. Presque tous les êtres vivants étaient emportés par les eaux ; ceux qu'elles avaient épargnés étaient vaincus, faute de nourriture, par un long jeûne.

Livre I, vers 262-312.

1. **Les Néréides :** divinités marines, filles des dieux marins Nérée et Doris et petites-filles d'Océan. Amphitrite (voir note 3 p. 18) est l'une d'elles.

Deucalion et Pyrrha

LA PHOCIDE[1] sépare les Aoniens[2] des champs de l'Œta[3] ; c'était une terre fertile, tant qu'elle était une terre, mais en ce moment même, elle était une partie de la mer, une vaste plaine d'eaux survenues soudainement. À cet endroit, un mont escarpé touche de ses deux sommets les astres ; on l'appelle Parnasse[4], et ses cimes dominent les nuages. Parce que l'eau avait recouvert tout le reste, c'est ici que Deucalion aborda, monté sur une petite barque avec celle qui partageait son lit. Ils adressèrent des prières aux Nymphes Coryciennes[5], aux divinités de la montagne, et à Thémis[6], qui prédit l'avenir et qui rendait alors les oracles[7]. Aucun homme n'était meilleur que lui ni plus attaché à la justice. Aucune femme ne craignait les dieux plus qu'elle. Quand Jupiter voit que le monde est inondé d'eaux stagnantes, que de tant de milliers d'hommes il n'en reste plus qu'un, de tant de milliers de femmes plus qu'une, tous les deux innocents, tous les deux adorateurs des divinités, il disperse les nuages et, éloignant les brumes avec l'aquilon, découvre les terres au ciel et le ciel aux terres. La colère de la mer ne dure pas et, déposant son trident, le maître de la mer apaise les eaux. L'azuré Triton[8] se dressait au-dessus du gouffre, lui dont la nature a couvert les épaules de pourpre[9]. Il l'appelle et lui ordonne de

---

1. **La Phocide :** région de Grèce continentale.
2. **Les Aoniens :** autre nom des Béotiens, habitants de la Béotie, région de Grèce continentale.
3. **L'Œta :** mont de Thessalie, en Grèce.
4. **Parnasse :** mont où réside Apollon.
5. **Aux Nymphes Coryciennes :** ces nymphes sont celles qui habitaient l'Antre Corycien, vaste grotte qui s'ouvre dans le flanc du mont Parnasse.
6. **Thémis :** Titanide (voir note 1 p. 18) qui personnifie l'idée de justice et capable de rendre des prophéties.
7. **Oracles :** un oracle est la réponse donnée par un dieu que l'on a consulté à une question personnelle, concernant généralement le futur.
8. **L'azuré Triton :** Triton est le fils de Neptune, dieu de la Mer, et d'Amphitrite.
9. **Lui dont la nature a couvert les épaules de pourpre :** la pourpre était extraite d'un coquillage, le murex.

souffler dans sa conque sonore[1] – pour faire revenir par ce signal les flots et les fleuves en arrière. Celui-ci s'empare de sa trompe creuse, qui s'enroule en spirale et s'élargit depuis l'embouchure, cette trompe qui, lorsqu'elle reçoit son souffle au milieu de l'océan, emplit de son appel les rivages qui s'étendent aux deux extrémités de la course de Phoebus[2]. Alors, lorsqu'elle toucha la bouche du dieu, toute ruisselante de sa barbe humide, et qu'elle sonna les ordres qu'il avait reçus, elle fut entendue par toutes les eaux terrestres et maritimes et, toutes ces eaux l'ayant entendue, elle les maîtrisa. La mer a désormais un rivage, les cours d'eau emplissent leur lit, le niveau des fleuves baisse et l'on voit les collines surgir ; la terre fait son apparition, la surface s'en accroît avec la décrue des eaux. Après un long moment, les forêts montrent leurs cimes dénudées ; elles gardent dans leur feuillage un reste de boue.

Le monde était restitué ; lorsqu'il le voit vide, les terres désolées gardant un profond silence, Deucalion s'adresse ainsi à Pyrrha, les yeux emplis de larmes : « Ô ma sœur, ô mon épouse, ô toi qui es la seule femme qui survive, toi que notre origine commune, le lien fraternel de nos pères[3] et ensuite notre couche ont unie à moi, ce sont désormais les dangers mêmes qui nous unissent. Sur toutes les terres que voient le couchant et le levant, nous sommes à nous deux toute la population ; la mer s'est emparée du reste. Nous ne sommes même pas assurés de pouvoir vivre ; d'obscures pensées effrayent mon esprit. Quel serait ton courage, malheureuse, si tu avais été arrachée à la mort sans moi ? Comment pourrais-tu, seule, vaincre la peur ? Qui consolerait tes souffrances ? Pour moi, crois-moi, si la mer te prenait toi aussi, je te suivrais, ô ma femme, et la mer me prendrait moi aussi. Oh ! Si seulement je pouvais créer de nouveaux peuples selon les mêmes moyens que mon père, et répandre une âme dans de la terre que j'aurais façonnée[4] ! Mais

1. **Sa conque sonore :** coquillage en forme de trompe dans lequel Triton soufflait pour commander aux flots.
2. **La course de Phoebus :** la course du Soleil.
3. **Le lien fraternel de nos pères :** Deucalion est le fils de Prométhée (voir note 2 p. 20), tandis que Pyrrha est la fille d'Épiméthée, frère de Prométhée.
4. **Répandre une âme [...] façonnée :** voir note 2 p. 20.

la race des mortels subsiste désormais en nous deux, ainsi l'ont voulu les dieux, et nous restons les seuls exemples d'hommes. »

Sur ces paroles, ils pleuraient. Ils décidèrent d'invoquer la puissance céleste et de demander de l'aide aux oracles sacrés. Sans retard, ils gagnent ensemble les eaux du Céphise[1], qui n'avaient pas encore retrouvé leur limpidité mais suivaient déjà leur cours habituel. Là, après qu'ils ont répandu sur leurs vêtements et leur tête l'eau purificatrice, ils tournent leurs pas vers le sanctuaire de l'auguste[2] déesse, dont le toit était souillé par de la mousse et les autels se dressaient sans flamme. Lorsqu'ils ont atteint les marches du temple, ils se prosternent, la tête basse, et baisent en tremblant le sol glacé : « Si de justes prières peuvent vaincre et adoucir les puissances divines, si la colère des dieux peut être fléchie, dis-nous, Thémis, par quel moyen réparer le dommage subi par notre race et accorde ton secours, déesse bienveillante, au monde submergé. » La déesse fut touchée et rendit cet oracle : « Éloignez-vous du temple, voilez-vous la tête, dénouez la ceinture de vos vêtements et jetez par-derrière votre dos les os de votre grande mère. »

Ils restèrent longtemps stupéfaits et Pyrrha rompit la première le silence en refusant d'obéir aux ordres de la déesse. Elle demande d'une voix craintive que la déesse lui pardonne : elle craint d'offenser l'ombre de sa mère si elle lance ses os. Cependant ils répètent les paroles obscures, au sens caché, que l'oracle a délivrées et ils les retournent dans leur esprit et entre eux. Alors le fils de Prométhée apaise la fille d'Épiméthée par ces paroles rassurantes : « Ou bien mon jugement me trompe ou bien cet oracle est pieux et ne recommande aucun crime. Notre grande mère, c'est la terre ; les pierres sont, à mon avis, ce qu'il appelle, dans le corps de la terre, les os ; ce sont elles qu'il nous ordonne de jeter par derrière notre dos. »

Bien que la fille du Titan soit touchée par l'interprétation de son époux, elle ne sait si elle doit espérer, tant ils se méfient tous les deux des avis du ciel ; mais que risquent-ils à essayer ? Ils

---

1. **Les eaux du Céphise :** fleuve de Grèce, qui coule en Attique.
2. **Auguste** : vénérable, respectable.

s'éloignent, se voilent la tête, dénouent leur tunique et lancent par-derrière leur dos des pierres, conformément aux ordres. Les pierres – qui le croirait, si tant de temps écoulé n'en était la garantie – commencent à perdre leur dureté et leur rigidité, à s'amollir peu à peu et, une fois amollies, à prendre forme. Bientôt, lorsqu'elles ont grandi et que leur état est plus mou, on peut distinguer comme une forme humaine, encore vague, mais tout à fait semblable aux ébauches de statues commencées dans le marbre et encore inachevées. La partie de la pierre qui est humide et formée de terre est changée en chair ; ce qui est solide et rigide se change en os ; ce qui était veine conserve le même nom. Et en un court espace de temps, grâce à la puissance des dieux, les pierres lancées par les mains de l'homme prirent les traits des hommes, et les femmes furent recréées par les pierres lancées par la femme. C'est pour cela que nous sommes une race dure, capable d'endurer la peine : nous sommes la preuve même de notre origine.

Livre I, vers 313-415.

Clefs d'analyse

Le déluge, Deucalion et Pyrrha

Action et personnages

1. Quels êtres issus de la création sont anéantis par le déluge ? Quel est celui qui survit à la catastrophe ?
2. Quelles sont les divinités qui participent au déluge puis à la décrue des eaux ? Faites un tableau de trois colonnes où figurent leur nom, leur rôle et une description mentionnant leurs attributs.
3. Que pensez-vous du déroulement du déluge ? S'agit-il d'une destruction soudaine et instantanée du monde ?
4. Pourquoi Deucalion et Pyrrha ont-ils été sauvés ?

Langue

5. Quel est le temps utilisé pour relater et décrire le déluge ? Quel est l'effet produit ?
6. Relevez cinq verbes à l'impératif ; à qui peut-on les attribuer ?
7. Le terme « océan » est employé deux fois au sein d'une même phrase (p. 27, l. 28) : quelle est sa fonction dans chacun de ces emplois ?
8. Quel est le mode employé par Deucalion dans ses lamentations (p. 29, l. 44-50) ? Justifiez l'emploi de ce mode.
9. Que pensez-vous de la réponse de Thémis (p. 30, l. 66-69) ?

Genre ou thèmes

10. Quel est l'élément naturel qui domine dans les deux extraits ? Relevez les termes et expressions qui lui sont associés.
11. Quels sont les bouleversements causés dans le monde ? Opposez la situation initiale à celle qui résulte du cataclysme (p. 27, l. 27-43). Présentez sous forme de tableau.
12. Sur quel principe la métamorphose des pierres en êtres humains repose-t-elle ?

Écriture

13. Imaginez que vous vous retrouvez seul(e) après un cataclysme tel que le déluge : comme Deucalion, vous exprimez votre désespoir.
14. Réécrivez le début de la fable au passé (p. 26-27, l. 1-26).

Pour aller plus loin

15. Connaissez-vous d'autres récits de déluge ou de catastrophe naturelle ? Comparez-les avec le texte d'Ovide.
16. Quel est l'élément dont la nouvelle race humaine tire son origine ? Que suggère cette association entre l'homme et cet élément ? À quoi le poète compare-t-il les êtres ainsi créés ?

✻ *À retenir*

De nombreux récits mythiques traitent du thème du déluge universel et du repeuplement du monde à partir d'un homme et d'une femme, sauvés en raison de leur piété. Au poème d'Ovide, il faut comparer le récit biblique *(Ancien Testament)* mais aussi l'épopée de Gilgamesh, légende babylonienne des VIIIe et VIIe siècles av. J.-C.

Phaéthon

Phaéthon, fils du Soleil et de Clymène, doute de ses origines et se rend auprès de son père supposé pour obtenir la confirmation qu'il est bien son fils.

LE PALAIS du Soleil s'élevait sur de hautes colonnes, brillant de l'éclat de l'or et du pyrope[1] pareil aux flammes ; de l'ivoire resplendissant recouvrait son toit, et sa porte à deux battants rayonnait d'argent lumineux. Mais l'art surpassait la matière, car Mulciber[2] avait ciselé sur la porte les mers qui entourent les terres, le disque terrestre et le ciel, qui surplombe ce disque. Les eaux ont leurs dieux azurés, Triton[3] le sonneur de trompe, Protée[4] aux formes changeantes, Aégéon[5] appuyant ses bras sur l'énorme dos des baleines, Doris et ses filles[6], dont on peut voir les unes nager, les autres sécher leurs cheveux verts assises sur un rocher, d'autres encore se déplacer à dos de poisson ; toutes n'ont pas le même visage, mais elles se ressemblent, comme il est normal chez des sœurs. La terre porte des hommes, des villes, des forêts, des animaux sauvages, des fleuves, des nymphes[7] et d'autres divinités rustiques. Au-dessus est placée une représentation du ciel resplendissant, avec les signes du zodiaque, six sur le battant de droite, autant sur celui de gauche.

---

1. **Du pyrope :** un alliage de cuivre et d'or.
2. **Mulciber :** surnom latin de Vulcain, le dieu forgeron.
3. **Triton :** voir note 8 p. 28.
4. **Protée :** dieu de la Mer qui est spécialement chargé de faire paître les troupeaux de phoques et autres animaux marins appartenant à Neptune. Il est doué du pouvoir de se métamorphoser en toutes les formes qu'il désire.
5. **Aégéon :** connu aussi sous le nom de Briarée, géant à la force prodigieuse auquel Neptune donna la main d'une de ses filles.
6. **Doris et ses filles :** les filles de Doris sont les Néréides (voir notes 1 p. 27 et 3 p. 18).
7. **Des nymphes :** « jeunes femmes » de nature divine qui peuplent la campagne, les bois et les eaux. Elles sont les esprits de la nature en général, dont elles personnifient la fécondité et la grâce.

Dès que le fils de Clymène est arrivé par le chemin qui y monte et qu'il est entré sous le toit de celui dont il ne sait s'il est son père, il dirige immédiatement ses pas vers lui et s'arrête à quelque distance, car il ne peut supporter la lumière de plus près. Vêtu d'un manteau de pourpre, Phoebus était assis sur un trône brillant de l'éclat des émeraudes. À droite et à gauche étaient le Jour, le Mois, l'Année, les Siècles et les Heures, placées à intervalles réguliers ; le jeune Printemps était ceint d'une couronne de fleurs, l'Été nu portait une guirlande d'épis, l'Automne était barbouillé du jus du raisin foulé aux pieds et l'Hiver glacial avait ses cheveux blancs hérissés. Placé au milieu d'eux, le Soleil, de ses yeux qui voient tout, aperçoit le jeune homme en proie à la crainte face à ce spectacle merveilleux : « Quelle est la raison de ton voyage ? Qu'es-tu venu chercher dans ce palais, dit-il, toi, mon fils, Phaéthon, que je ne saurais renier ? »

Il répond : « Ô lumière commune à l'immensité du monde, Phoebus, mon père, si tu me permets de t'appeler ainsi et si Clymène ne cache pas sa faute sous un mensonge, donne-moi un gage, toi qui m'as engendré, grâce auquel personne ne doutera que je sois de ta descendance, et ôte cette incertitude de mon esprit. » Il avait parlé. Son père déposa les rayons qui luisaient tout autour de sa tête, lui ordonna de s'approcher et, après l'avoir embrassé : « Tu ne mérites pas que je te renie comme fils et Clymène, dit-il, a révélé ta véritable origine ; afin que tu n'en doutes plus, demande la faveur que tu veux, et tu l'obtiendras de moi ; que le marais par lequel jurent les dieux[1] et que mes yeux n'ont jamais vu soit garant de cette promesse. » À peine avait-il achevé que Phaéthon demande le char de son père et le droit de conduire ses chevaux aux pieds ailés pendant un jour.

Le père regrette d'avoir prêté serment, secouant à trois et quatre reprises sa tête lumineuse : « Mes paroles, dit-il, ont rendu les tiennes téméraires. Si seulement je pouvais ne pas tenir ma promesse ! Je l'avoue, c'est la seule chose que je te refuserai, mon fils. Je peux au moins t'en dissuader ; ce que tu désires n'est pas sans danger. Tu demandes une grande faveur, Phaéthon, et qui ne convient ni

1. **Le marais par lequel jurent les dieux :** marais formé des eaux du Styx (voir note 4 p. 22), sur lequel les dieux ont l'habitude de prêter leurs serments solennels.

à tes forces ni à ton jeune âge. Ton sort est celui d'un mortel ; ce que tu souhaites n'est pas pour un mortel. Ce à quoi tu aspires est même plus que ce que les dieux peuvent obtenir, inconscient que tu es. Chacun d'eux peut avoir de lui-même l'estime qu'il veut, mais aucun ne peut cependant se tenir sur le char qui porte le feu, excepté moi. Même le maître du vaste Olympe, qui brandit de sa terrible main la foudre indomptée, ne conduira jamais ce char ; et que connaissons-nous de plus grand que Jupiter ? La première partie de la route est abrupte et mes chevaux, pourtant tout frais le matin, ont peine à la gravir. Au milieu du ciel, elle est très élevée, et souvent moi-même je prends peur en regardant de si haut la mer et les terres : mon cœur palpite sous l'émotion. La dernière partie descend en pente et il faut conduire avec fermeté. Alors, Téthys[1] elle-même, qui m'accueille dans ses eaux situées au-dessous, redoute toujours que je ne tombe. Ajoute à cela que le ciel subit une révolution continue et emporte les astres dans ce tourbillon rapide. Moi, je progresse en sens contraire sans céder à ce mouvement auquel tout le reste cède pourtant, et mon char m'emporte à l'inverse de cette impétueuse rotation. Suppose que je te donne le char : que feras-tu ? Seras-tu capable de t'opposer à la rotation des pôles sans que l'axe du monde ne t'emporte dans sa vitesse ? Peut-être t'imagines-tu qu'il y a là-haut des forêts, des villes habitées par les dieux ou des sanctuaires regorgeant d'offrandes ; c'est à travers les embûches et des sortes de bêtes sauvages qu'il faut avancer. À supposer que tu puisses garder ta direction et ne pas t'écarter de ton chemin, tu devras pourtant passer entre les cornes menaçantes du Taureau, l'arc du Centaure d'Hémonie, la gueule du Lion féroce, le Scorpion qui recourbe loin devant lui ses impitoyables pattes et le Cancer qui les recourbe dans l'autre sens[2]. Et, pour toi, conduire ces chevaux excités par le feu qu'ils ont dans leur poitrail et qu'ils soufflent de leur gueule et de leurs naseaux ne sera pas chose facile ; c'est à peine s'ils

---

1. **Téthys :** fille de Gaia, la Terre, et d'Ouranos, le Ciel, épouse d'Océan. Elle est mère de trois mille Océanides et d'autant de fleuves.
2. **Les cornes menaçantes du Taureau [...] recourbe dans l'autre sens :** les étoiles avaient été groupées en constellations par les astronomes babyloniens et ces groupements avaient reçu des noms de figures humaines ou animales.

m'obéissent, lorsque leur vigueur s'échauffe et que leur cou résiste aux rênes. Prends garde, mon fils, que je ne sois l'auteur d'un don qui te serait funeste et, pendant qu'il est encore temps, corrige ton vœu. Afin d'être certain que tu es né de mon sang, tu demandes un gage indubitable ? Par ma crainte, je te le donne, ce gage certain, et cette inquiétude paternelle prouve que je suis ton père. Regarde mon visage : si seulement tu pouvais plonger tes regards dans mon cœur et y découvrir mes angoisses de père ! Regarde autour de toi tout ce que le monde a de richesses et entre tous les biens du ciel, de la terre et de la mer, réclame ce que tu veux : rien ne te sera refusé. Je te demande de ne renoncer qu'à une chose, que l'on devrait appeler châtiment et non honneur ; car c'est un châtiment, Phaéthon, que tu demandes comme faveur. Pourquoi enlaces-tu mon cou de tes bras caressants, insensé ? N'aie crainte, ce que tu souhaites te sera donné, puisque j'ai prêté serment sur les eaux du Styx ; mais formule un souhait plus sage. »

Il avait achevé ses avertissements ; cependant Phaéthon refuse ces conseils, persiste dans sa volonté et brûle du désir d'obtenir le char. Après avoir tardé autant que possible, le père conduit donc le jeune homme auprès du char élevé, don de Vulcain[1]. L'essieu était d'or, le timon[2] était d'or, la jante qui entourait la roue était d'or et l'ensemble des rayons étaient d'argent ; le long du joug, des topazes et des pierres précieuses alignées renvoyaient à Phoebus le reflet de sa lumière. Tandis que l'ambitieux Phaéthon admire tout cela et examine le détail de l'ouvrage, voici que la vigilante Aurore a ouvert, du côté de l'Orient resplendissant, les portes empourprées et les atriums[3] emplis de roses. Les étoiles s'enfuient : Lucifer[4] rassemble leur troupe et quitte le dernier son poste dans le ciel. Lorsqu'il voit qu'il regagne les terres et que le monde commence à rougir, que les extrémités des cornes de la Lune commencent

1. **Vulcain :** voir note 2 p. 34.
2. **Le timon :** longue pièce de bois située à l'avant du char de chaque côté de laquelle on attelle les chevaux.
3. **Les atriums :** l'atrium est une des pièces principales de la maison romaine.
4. **Lucifer :** l'étoile du matin, celle qui « apporte la lumière ». Elle est opposée à Vesper, l'étoile du soir. Les deux sont en fait une seule et même étoile, notre planète Vénus.

à disparaître, le Titan ordonne aux Heures rapides d'atteler les chevaux. Les déesses exécutent aussitôt ses ordres : elles vont chercher dans les hautes écuries les chevaux qui crachent le feu, rassasiés du suc de l'ambroisie[1], et leur passent les rênes sonores. Puis le père enduit le visage de son fils d'un onguent sacré qui le protégera du feu dévorant, et place les rayons sur sa chevelure. Alors, tirant encore de sa poitrine inquiète des soupirs qui annoncent son deuil, il dit :

« Si tu peux du moins suivre les avertissements de ton père, retiens, mon fils, ton fouet et tiens plus fortement les rênes ; les chevaux accélèrent d'eux-mêmes ; la difficulté est de contenir leur élan. Ne choisis pas la route qui traverse tout droit les cinq zones célestes. Il y a un sentier qui les coupe à l'oblique sur une large courbe, se limitant à trois zones et évitant le pôle austral et l'Ourse unie aux Aquilons[2]. C'est par là qu'il faut passer ; tu verras facilement les traces de roue. Et, pour que le ciel et la terre reçoivent une chaleur égale, ne descends pas et ne dirige pas non plus le char trop haut dans le ciel. Si tu t'écartes trop haut, tu brûleras les demeures célestes ; trop bas, tu brûleras les terres. Le chemin du milieu sera le plus sûr. Que tes roues ne te déportent pas trop à droite vers le Serpent enroulé[3], qu'elles ne te conduisent pas trop à gauche vers la région basse de l'Autel. Maintiens-toi entre les deux. Je confie le reste à la Fortune et souhaite qu'elle t'aide et te conseille mieux que tu ne le fais pour toi-même. Mais tandis que je parle, la nuit humide a atteint les bornes du rivage d'Hespérie[4] ; il ne nous est plus possible de tarder. On nous réclame : les ténèbres se sont dissipées et l'aurore brille. Saisis-toi des rênes ou bien, si ton cœur peut changer, sers-toi de mes conseils et non de mon char, pendant que tu le peux encore et que tu te tiens sur le sol

1. **L'ambroisie :** substance délicieuse, neuf fois plus douce que le miel, dont se nourrissent les dieux et qui rend immortel.
2. **Le pôle austral et l'Ourse unie aux Aquilons :** le pôle austral est le pôle Sud ; l'Ourse et les Aquilons désignent le pôle opposé.
3. **Le Serpent enroulé :** le Serpent et l'Autel sont deux constellations, l'une de l'hémisphère Nord, l'autre de l'hémisphère Sud.
4. **Hespérie :** le terme « Hespérie » désigne les régions les plus occidentales du monde.

ferme et non sur cet essieu que tu réclames dans ton ignorance. Laisse-moi dispenser à la terre cette lumière et tu pourras la regarder en sécurité. »

Phaéthon monte sur le char, bien léger sous son jeune corps, s'y installe et se réjouit d'avoir en main les rênes légères, tout en remerciant, contre le gré de celui-ci, son père. Cependant les chevaux ailés du Soleil, Pyrois, Éous, Aethon et Phlegon[1], le quatrième, emplissent les airs de leurs hennissements de feu et frappent de leurs sabots la clôture. Après que Téthys, ignorant le sort réservé à son petit-fils, l'a ouverte et qu'elle leur a offert l'accès au ciel immense, ils se mettent en route. Battant les airs de leurs sabots, ils fendent les nuages qui leur font obstacle et, soulevés par leurs ailes, ils dépassent les eurus[2] nés dans les mêmes régions qu'eux. Mais la charge était légère et les chevaux du Soleil ne pouvaient la reconnaître ; le joug n'avait pas la lourdeur habituelle. De même que les navires recourbés vacillent sans le lest nécessaire et sont ballottés sur la mer en raison de leur trop grande légèreté, de même le char, dépourvu de sa charge habituelle, est secoué et semble vide. Dès qu'ils l'ont senti, les quatre chevaux se précipitent, abandonnent le chemin qu'ils ont souvent foulé et ne suivent plus la même course qu'auparavant. Phaéthon s'affole et ne sait plus de quel côté tirer les rênes, ni de quel côté aller. Et, s'il le savait, il ne pourrait maîtriser les chevaux. Alors, pour la première fois, les Trions glacés[3] s'échauffèrent sous les rayons du soleil et tentèrent en vain de plonger dans la mer qui leur était interdite. Le serpent, placé tout près du pôle glacé, et que, engourdi par le froid, personne ne redoutait auparavant, s'échauffa et gagna avec la chaleur une rage inouïe. Et toi aussi, Bouvier[4], on dit que dans ton trouble tu pris la fuite malgré ta lenteur et le chariot qui te retenait.

1. **Pyrois, Éous, Aethon et Phlegon :** trois de ces noms, en grec, rappellent l'éclat et la chaleur du Soleil ; le quatrième, Éous, l'« oriental », désigne le point de départ de sa course.
2. **Les eurus :** vents d'est. Eurus est un dieu du vent, fils d'Éole (voir note 2 p. 19).
3. **Les Trions glacés :** les sept étoiles du Chariot ou Grande Ourse. Nous en avons tiré le nom « Septentrion », pour désigner le nord.
4. **Bouvier :** constellation voisine du pôle Nord, à la révolution lente. Le terme « bouvier » désigne un gardien de bœufs.

Quand le malheureux Phaéthon vit du haut de l'éther[1] les terres qui s'étendaient si bas, il pâlit ; ses jambes se mirent à trembler sous le coup de cette peur soudaine et les ténèbres, au milieu de tant de lumière, recouvrirent ses yeux. Et maintenant il souhaite n'avoir jamais touché aux chevaux de son père, maintenant il regrette de connaître son origine et d'avoir su imposer sa volonté, maintenant, alors qu'il désirerait être appelé fils de Mérops[2], il est emporté tel un bateau poussé par l'impétueux Borée[3], dont le pilote a lâché les écoutes[4] impuissantes, l'abandonnant aux dieux et aux prières. Que faire ? Derrière lui, il a laissé un vaste espace de ciel et il en voit un plus vaste encore devant lui. Il les mesure par la pensée et tantôt il regarde le couchant, que le destin lui interdit d'atteindre, tantôt il regarde en arrière le levant. Ne sachant que faire, il reste stupide. Il ne relâche pas les rênes, il ne peut les retenir, il ne connaît pas les noms des chevaux. Il frémit, lorsqu'il voit également les prodiges dispersés dans les différentes parties du ciel ainsi que les figures d'animaux gigantesques. Il est un endroit où le Scorpion courbe ses pinces en deux arcs et, fléchissant sa queue et ses bras, étend ses membres sur l'espace de deux signes. Lorsque l'enfant le vit, dégouttant d'un noir venin et menaçant de frapper avec son dard recourbé, il perdit l'esprit et, glacé de terreur, lâcha les rênes. Lorsqu'elles se mettent à flotter sur leur dos, les chevaux s'emballent et, libres de toute contrainte, ils traversent les airs d'une région inconnue. Partout où leur fougue[5] les pousse, ils se ruent au hasard. Ils galopent jusqu'aux étoiles fixées dans les hauteurs de l'éther et emportent le char sur des routes impraticables ; tantôt ils gagnent les hauteurs, tantôt, suivant descentes et routes à pic, ils se rapprochent de la terre. La Lune s'étonne de voir les chevaux de son frère courir plus bas que les siens. Les nuages consumés s'évaporent. Les flammes s'emparent des sommets de la terre, qui se fend et se dessèche, privée d'eau. Les pâturages

1. **Du haut de l'éther :** voir note 1 p. 20.
2. **Fils de Mérops :** Clymène, mère de Phaéthon, est l'épouse de Mérops, roi des Éthiopiens. Phaéthon n'est pas son fils, mais il préférerait maintenant l'être.
3. **L'impétueux Borée :** voir note 2 p. 19.
4. **Les écoutes :** cordages servant à orienter une voile.
5. **Leur fougue :** leur énergie.

blanchissent ; l'arbre brûle avec ses feuilles et les moissons sèches fournissent un aliment à leur désastre. Et je ne déplore ici que les moindres dégâts ; car de grandes villes périssent avec leurs murailles et des pays entiers sont réduits en cendres avec leurs populations. Les forêts brûlent avec les montagnes[1] ; l'Athos brûle, le Taurus de Cilicie, le Tmolus, l'Œta, l'Ida, qui était sec alors mais avait toujours été arrosé par de nombreuses sources, l'Hélicon, séjour des vierges et l'Haemus, qui n'appartenait pas encore à Œagre. L'Etna, ses feux redoublés, s'embrase à l'infini, ainsi que le Parnasse aux deux sommets, l'Éryx, le Cynthe, l'Othrys, le Rhodope, qui devait enfin perdre ses neiges, le Mimas, le Dindyme, le Mycale et le Cithéron destiné au culte d'un dieu. Et son climat froid ne protège en rien la Scythie ; le Caucase s'embrase et aussi l'Ossa et le Pinde, l'Olympe, plus élevé qu'eux, les Alpes aériennes et l'Apennin couronné de nuages.

Alors Phaéthon voit que toutes les régions de la terre sont la proie des flammes ; il ne peut endurer une si forte chaleur, il respire un air brûlant comme s'il sortait d'une fournaise et il sent son char chauffer à blanc. Il ne peut plus supporter les cendres et les étincelles et il est enveloppé de toutes parts par une fumée ardente. Où va-t-il, où est-il ? Recouvert d'un nuage noir, il ne le sait et il est emporté au gré de ses chevaux ailés. C'est alors que, comme on le croit, les peuples d'Éthiopie prirent leur couleur noire sous l'effet d'une montée de sang à la surface de leur peau. C'est alors que la Libye, ayant perdu toutes ses eaux, devint un désert aride. Alors, les nymphes, les cheveux épars, pleurèrent leurs sources et leurs lacs : la Béotie chercha Dircé ; Argos, Amymoné ; Éphyre, les eaux de Pirène[2]. Et les fleuves[3], auxquels le sort a pourtant donné de larges rives, ne sont pas épargnés : le Tanaïs se mit à fumer au milieu de ses eaux, ainsi que le vieux Pénée, le Caïque de Teuthranie, le

1. **Les montagnes :** Ovide commence ici l'énumération des montagnes et sommets les plus connus des Anciens. L'Hélicon était consacré à Apollon et aux Muses, et le Cithéron était un lieu de célébration du culte de Bacchus.
2. **La Béotie [...] les eaux de Pirène :** Dircé, Amymoné et Pirène sont trois sources de Grèce. Éphyre est l'ancienne appellation de la ville de Corinthe.
3. **Les fleuves :** après l'énumération des montagnes les plus célèbres vient celle des fleuves les plus importants de la géographie antique.

rapide Ismenus, l'Érymanthe qui coule à Phégia, le Xanthe, destiné à brûler une seconde fois, le Lycormas aux eaux jaunes, le Méandre, qui joue avec ses eaux sinueuses, le Mélas de Mygdonie, et l'Eurotas de Ténare. S'embrasent également l'Euphrate, qui coule à Babylone, l'Oronte, le Thermodon rapide, le Gange, le Phase et l'Hister. L'Alphée bouillonne et les rives du Sperchius sont embrasées. Et l'or que le Tage charrie dans son lit coule, fondu par les flammes. Et les oiseaux du Caystre, qui animaient de leur chant les rives de Méonie, sont consumés au milieu des eaux. Le Nil, effrayé, s'enfuit aux confins du monde et dissimule sa source, qui est encore cachée aujourd'hui ; ses sept embouchures poudreuses manquent d'eau, et ses sept vallées n'ont plus de fleuve. Le même malheur assèche, au pays de l'Ismarus, l'Hèbre et le Strymon ; et les fleuves d'Hespérie, le Rhin, le Rhône, le Pô et celui à qui fut promis l'empire du monde, le Tibre.

Le sol se fend de toutes parts et, à travers les crevasses, la lumière pénètre jusqu'au Tartare[1] et effraie le roi des Enfers et son épouse. La mer se resserre et il n'y a plus qu'une plaine de sable sec là où il y avait naguère un océan. Des montagnes qu'une mer profonde recouvrait surgissent et les Cyclades éparses[2] voient leur nombre augmenter. Les poissons gagnent les profondeurs et les dauphins recourbés n'osent plus s'élancer dans les airs au-dessus des eaux. Des corps de phoques flottent sans vie, sur le dos, à la surface. On dit que Nérée[3] lui-même, ainsi que Doris et ses filles[4] se cachèrent dans leurs antres, eux aussi réchauffés. Trois fois, Neptune avait osé sortir des eaux son visage menaçant et ses bras ; trois fois, il ne put supporter l'embrasement de l'air.

Cependant la Terre nourricière, comme elle était entourée par l'océan, au milieu des eaux de la mer et des sources qui se réduisaient partout où elles s'étaient cachées dans les entrailles ténébreuses de leur mère, souleva, desséchée, sa tête accablée, mit sa main devant son front et, dans un grand tremblement qui ébranla

1. **Tartare :** la région la plus profonde du monde, au-dessous des Enfers eux-mêmes.
2. **Les Cyclades éparses :** groupe central des îles de la mer Égée. Elles sont en effet les sommets d'un plateau sous-marin.
3. **Nérée :** voir note 3 p. 18.
4. **Doris et ses filles :** voir note 1 p. 27.

tout, elle s'affaissa un peu au-dessous de son niveau habituel. Puis, de sa voix sainte, elle parla : « Si tu en as décidé ainsi et si je l'ai mérité, pourquoi ta foudre tarde-t-elle, ô dieu suprême ? Qu'il me soit permis, si je dois périr par le feu, de périr par ton feu et de trouver consolation en t'en sachant l'auteur. C'est à peine si je peux ouvrir la bouche pour t'adresser ces paroles [la chaleur lui avait en effet fermé la bouche] ; tiens, regarde mes cheveux brûlés, et toute cette cendre dans mes yeux, toute cette cendre sur mon visage ! Est-ce là le fruit, est-ce là la récompense que tu m'accordes pour ma fertilité et mes services, lorsque à longueur d'année j'endure les blessures de la charrue recourbée et de la bêche, lorsque je fournis le feuillage aux troupeaux, les moissons, douce nourriture, à la race humaine et même l'encens[1] pour vous ? Admettons que j'aie mérité ma perte ; qu'ont fait les eaux, qu'a fait ton frère ? Pourquoi les eaux, que le sort lui a attribuées, décroissent-elles, pourquoi s'éloignent-elles du ciel ? Si ni ton frère ni moi-même ne pouvons te toucher, aie du moins pitié de ton ciel ; regarde les deux pôles ; ils fument tous les deux ; si le feu les attaque, vos palais s'écrouleront. Vois Atlas[2] lui-même : il souffre et peut à peine soutenir sur ses épaules l'axe incandescent de la Terre. Si les flots, si les terres, si le palais du ciel périssent, nous retombons dans la confusion de l'antique chaos. Arrache aux flammes ce qui reste et veille sur le monde. » Ainsi avait parlé la Terre ; et elle ne put supporter plus longtemps la chaleur et en dire plus. Elle ramena sa tête contre elle-même et dans les antres voisins des Mânes[3].

Alors le père tout-puissant prit à témoin les dieux, et même celui qui avait donné son char : s'il n'apportait pas son secours, tout allait périr sous le coup fâcheux du sort. Il gagne le haut sommet d'où il a l'habitude d'étendre les nuages sur la vaste terre, d'où il agite le tonnerre, d'où il brandit et lance la foudre. Mais il n'avait alors ni nuages à étendre sur les terres ni pluie à faire tomber du ciel. Il tonne et, balançant la foudre au-dessus de son épaule droite,

1. **L'encens :** produit à partir de la sève d'un arbre. On le faisait brûler lors des sacrifices.
2. **Atlas :** fils d'un des Titans, il avait été condamné par Jupiter à soutenir le ciel pour avoir pris part à la guerre menée par les Titans contre les dieux de l'Olympe.
3. **Les antres voisins des Mânes :** les Mânes sont les âmes des morts dans la religion romaine. Ils résident dans les royaumes souterrains.

il la lance sur le cocher, ôtant du même coup la vie du cocher et les roues du char, et apaisant de son impitoyable feu l'incendie. Les chevaux sont affolés et, bondissant en sens contraire, arrachent leur cou du joug et abandonnent leurs harnais brisés. Ici gisent les rênes, là l'essieu sorti du timon ; ailleurs sont éparpillés les rayons des roues fracassées et les restes du char disloqué.

Quant à Phaéthon, dont le feu attaque la chevelure éclatante, il roule dans l'abîme et traverse les airs en laissant une longue traînée, telle une étoile qui, dans le ciel serein, peut paraître tomber, bien qu'elle ne tombe pas. Loin de sa patrie et à l'autre bout du monde, l'immense Éridan[1] le reçoit et lave de ses eaux son visage fumant. Les Naïades[2] d'Hespérie[3] ensevelissent son corps brûlé par la flamme aux trois pointes et gravent ces vers sur la pierre : « Ci-gît Phaéthon, qui conduisit le char de son père ; s'il ne put le diriger, il tomba victime d'une noble audace. » Son père, bien à plaindre dans son chagrin, avait caché son visage et, à en croire la légende, un jour entier passa sans soleil ; l'incendie donna de la lumière et ce grand désastre servit à quelque chose.

Livre II, vers 1-332.

Les Héliades

MAIS CLYMÈNE, après avoir prononcé les paroles qu'un tel malheur devait inspirer, parcourut la terre entière, endeuillée, éperdue et la poitrine lacérée : partie à la recherche d'abord du corps sans vie, ensuite de ses os, elle finit par trouver les os ensevelis sous une terre étrangère. Elle se prosterna à cet endroit et baigna de ses larmes le nom qu'elle avait lu sur le marbre, en le réchauffant contre sa poitrine découverte. Les Héliades[4] portent le même deuil

1. **L'immense Éridan :** fleuve légendaire. Il s'agit ici du Pô, fleuve du nord de l'Italie.
2. **Les Naïades :** nymphes des fleuves et des sources.
3. **Hespérie :** voir note 4 p. 38.
4. **Les Héliades :** filles de Clymène et du Soleil, sœurs de Phaéthon.

et offrent leurs larmes à la mort, vain présent ; elles se frappent la poitrine de leurs mains et, appelant Phaéthon qui ne peut les entendre, font retentir jour et nuit de pitoyables plaintes, couchées sur sa tombe. La Lune avait empli quatre fois son disque en joignant ses cornes ; elles, selon leur habitude car c'était devenu une habitude avec le temps, s'étaient lamentées. L'une d'elles, Phaéthuse, l'aînée des sœurs, comme elle voulait se prosterner à terre, se plaignit que ses pieds étaient devenus rigides. Essayant de venir jusqu'à elle, la blanche Lampétie fut tout à coup retenue par une racine. La troisième, qui commençait à se lacérer les cheveux, arrache des feuilles. L'une se plaint de voir ses jambes retenues par un tronc, l'autre de voir ses bras transformés en longues branches. Et, tandis qu'elles s'étonnent, de l'écorce recouvre leurs aines et entoure progressivement leur ventre, leur poitrine, leurs épaules et leurs mains. Restaient seules leurs bouches qui appelaient leur mère. Que pouvait faire la mère, si ce n'est aller de côté et d'autre, là où son élan l'emporte, et leur donner des baisers pendant qu'il était encore temps ? Cela ne lui suffit pas : elle essaie d'arracher les corps à leurs troncs et brise dans ses mains les fragiles branches ; des gouttes de sang en coulent, comme d'une blessure. « Arrête, je t'en supplie, mère, s'écrient celles qu'elle blesse, arrête, je t'en supplie ; c'est notre corps que tu déchires avec l'arbre. Et maintenant, adieu ! » L'écorce recouvre leurs dernières paroles. Des larmes coulent ; tombant goutte à goutte des jeunes branches, elles se solidifient au soleil en perles d'ambre[1], que le fleuve limpide recueille et porte aux femmes du Latium[2], qui s'en pareront.

Livre II, vers 333-366.

---

1. **En perles d'ambre :** l'ambre, recherché à Rome autant que les pierres précieuses, était considéré soit comme une résine végétale coulant de certains arbres comme le peuplier ou l'aulne, soit comme un corps fossile, ou même une concrétion de l'urine de certains animaux. En fait, il s'agit bien de résine, sous une forme fossilisée.
2. **Du Latium :** de la région de Rome.

Cygnus

LE FILS DE STHÉNÉLUS, Cygnus, assista à ce prodige. Bien qu'il fût uni à toi, Phaéthon, par le sang maternel, il était encore plus proche de toi par le cœur. Abandonnant son empire, car il avait régné sur les peuples de Ligurie[1] et sur de grandes villes, il avait empli de ses plaintes les vertes rives du fleuve Éridan et la forêt que tes sœurs étaient venues accroître. Soudain, sa voix d'homme s'affaiblit, des plumes blanches cachent ses cheveux, son cou s'allonge loin de sa poitrine, une membrane relie ses doigts rougissants, des ailes recouvrent ses flancs, un bec sans pointe prend la place de sa bouche. Cygnus devient un nouvel oiseau et n'accorde sa confiance ni au ciel ni à Jupiter, se souvenant du feu injustement lancé par lui ; il gagne les étangs, les grands lacs et les fleuves, hostiles aux flammes, qu'il chérit dans sa haine du feu.

Cependant le père de Phaéthon, en vêtements de deuil et dépourvu de son éclat, tel qu'on le voit généralement lors d'une éclipse, se met à haïr la lumière, lui-même et le jour. Il s'abandonne au deuil, y joignant la colère, et refuse au monde ses services. « C'en est assez ! dit-il ; depuis l'origine des temps, je n'ai, dans mon sort, jamais eu de repos et je suis fatigué des travaux sans fin et sans récompense. Qu'un autre, peu importe qui, mène le char porteur de la lumière ! S'il n'y a personne et si les dieux s'avouent incapables, que Jupiter lui-même le mène ; au moins, pendant qu'il essaiera mon attelage, il déposera ses foudres faites pour priver les pères de leurs enfants. Alors il saura, en éprouvant la force de mes chevaux ardents, que celui qui n'a pas su les diriger ne méritait pas la mort. » Alors qu'il parlait ainsi, tous les dieux entourent le Soleil et lui demandent d'une voix suppliante de ne pas plonger le monde dans les ténèbres ; Jupiter s'excuse d'avoir lancé ses flammes et aux prières il ajoute les menaces d'un roi. Phoebus rassemble ses chevaux affolés et encore tremblants de frayeur ; dans sa douleur, il les frappe de l'aiguillon[2] et du fouet ; il les châtie, leur reprochant le sort de son fils.

Livre II, vers 367-400.

1. **Ligurie :** région du nord-ouest de l'Italie.
2. **L'aiguillon :** bâton muni d'une pointe de fer qui sert à exciter les bêtes.

Clefs d'analyse Phaéthon, Les Héliades, Cygnus

Action et personnages

1. Par quels arguments le Soleil tente-t-il de détourner Phaéthon de son souhait ?
2. Dans la course du Soleil, quels sont les dangers rencontrés ?
3. Quels sont les sentiments du père au moment du départ ? Quels sont ceux du fils (p. 38-39, l. 120-149) ?
4. Comment Phaéthon est-il puni ? Par qui ?
5. Vers quel élément Cygnus se porte-t-il dans son deuil ? Pour quelle raison ?
6. Contre qui le Soleil adresse-t-il ses plaintes (p. 46, l. 17-25) ? Sont-elles justifiées ?

Langue

7. La fable de Phaéthon comporte de nombreuses personnifications : relevez-les.
8. Quel est, dans les deux premiers paragraphes (p. 34-35, l. 1-32), le champ lexical dominant ?
9. Quelles sont les phrases exprimant les sentiments de Phaéthon pendant qu'il mène le char du Soleil ? Quelle forme les caractérise ? Qu'indiquent-elles ?
10. À quoi le poète compare-t-il l'attelage du Soleil emballé ?

Genre ou thèmes

11. Quels sont, dans la fable de Phaéthon, les passages descriptifs ? Que décrivent-ils ?
12. Relevez les éléments de géographie présents dans la fable de Phaéthon et classez-les dans un tableau.
13. Dans l'épitaphe gravée de Phaéthon (p. 44, l. 311-312), quel mot pourrait résumer la morale de cette fable ?
14. Dans la transformation des Héliades (p. 45, l. 13-33), que devient chaque partie de leur corps ? À quoi correspondent le sang et les larmes qu'elles versent ?

Écriture

15. Réécrivez la réponse du Soleil à son fils Phaéthon (p. 35-37, l. 48-100) au style indirect : « Le Soleil répondit à Phaéthon que… »

16. Sur le modèle des plaintes adressées par la Terre à Jupiter (p. 43, l. 267-288), écrivez celles que l'un des fleuves asséchés aurait pu adresser au père tout-puissant.

Pour aller plus loin

17. La légende de Phaéthon décrit un cataclysme : de quelle nature est-il ? Comparez les manifestations de ce désastre à celles du déluge du livre I.

18. Vous ferez une recherche sur les différents lieux géographiques énumérés dans cette fable (montagnes, fleuves, etc.) et les situerez sur une carte.

✻ *À retenir*

La poésie mythologique peut être une poésie très savante. Les Anciens y cherchaient souvent une somme de connaissances. La légende de Phaéthon offre au poète l'occasion de passer en revue la géographie du monde et de nommer une multitude de contrées, fleuves, montagnes, etc. On y trouve aussi des éléments empruntés au savoir astronomique, comme la désignation et la description allégoriques des constellations.

Narcisse et Écho

Après avoir conté comment Tirésias devint prophète, le poète donne un exemple de la véracité de ses prophéties.

TIRÉSIAS, dont la renommée s'était répandue à travers les villes d'Aonie[1], donnait au peuple qui l'interrogeait des réponses infaillibles. La première qui éprouva la vérité de ses dires fut l'azurée Liriope[2], elle que le Céphise[3] enlaça un jour dans son cours sinueux pour lui faire violence, enfermée au milieu de ses eaux. La nymphe, très belle, conçut un enfant, digne déjà lors d'être aimé, et l'appela Narcisse. Consulté à son sujet – verrait-il les longues années d'une vieillesse avancée ? –, le devin qui prédit l'avenir lui dit : « Oui, s'il ne se connaît pas. » Cette parole de l'augure[4] sembla vaine pendant longtemps, mais la tournure des événements, la façon dont Narcisse mourut et l'étrangeté de sa folie viennent la confirmer. En effet, le fils du Céphise avait à quinze ans ajouté une année et pouvait passer pour un enfant comme pour un jeune homme. Beaucoup de jeunes gens, beaucoup de jeunes filles l'avaient désiré, mais, parce que sa tendre beauté renfermait un orgueil si sévère, aucun jeune homme, aucune jeune fille n'avait pu le toucher.

Alors qu'il chassait vers ses filets les cerfs tremblants, la nymphe à la voix sonore le vit, elle qui ne sait ni se taire devant qui lui parle, ni parler la première, Écho qui renvoie les sons. Écho avait alors un corps et n'était pas seulement une voix ; et pourtant sa bouche bavarde ne lui permettait, comme aujourd'hui, rien d'autre que de renvoyer les derniers mots d'une phrase. Junon en était responsable car, les nombreuses fois où, dans les montagnes, elle surprenait les nymphes couchées auprès de son Jupiter, Écho retenait habilement la déesse par de longs discours, le temps que les

1. **Les villes d'Aonie :** voir note 2 p. 28.
2. **L'azurée Liriope :** nymphe des eaux.
3. **Le Céphise :** voir note 1 p. 30.
4. **L'augure :** le devin, celui qui prédit l'avenir.

nymphes puissent s'enfuir. Après que la fille de Saturne[1] s'en aperçut : « Cette langue, dit-elle, par laquelle tu m'as trompée, ne te donnera plus un tel pouvoir et tu n'auras plus qu'un usage limité de ta voix. » Elle confirme ses menaces par les faits : Écho redouble seulement les sons prononcés et rapporte seulement les paroles entendues.

Donc, lorsqu'elle a vu Narcisse errant à travers la campagne solitaire et qu'elle s'est enflammée pour lui, elle le suit en cachette ; plus elle le suit et plus elle se rapproche de cette flamme qui la consume, tout comme le soufre dont on entoure le bout des torches s'avive et s'enflamme à l'approche du feu. Combien de fois elle a voulu l'approcher par de caressantes paroles et lui adresser de douces prières ! Sa nature le lui refuse et ne lui permet pas de commencer à parler ; mais, comme cela lui est permis, elle est prête à recevoir les sons pour leur renvoyer ses paroles.

Par hasard, l'enfant, à l'écart de la troupe fidèle de ses compagnons, avait dit : « Est-ce qu'il y a quelqu'un ? » – « Il y a quelqu'un », avait répondu Écho. Il s'arrête stupéfait et, promenant de tous côtés ses regards : « Viens », crie-t-il à pleine voix ; à son appel, elle répond par le même appel. Il se retourne et, ne voyant venir personne : « Pourquoi, dit-il, me fuis-tu ? » et il lui revient autant de mots qu'il en avait dits. Il insiste et, trompé par l'illusion d'une voix qui lui répond : « Ici, dit-il, réunissons-nous. » À aucune parole elle ne souhaitait répondre davantage : « Unissons-nous », répéta Écho ; elle applaudit ses propres paroles, sort de la forêt et s'apprête à jeter ses bras autour du cou tant espéré. Mais lui s'enfuit et dans sa fuite : « Ôte ces mains, cesse de m'embrasser ; je mourrai, dit-il, plutôt que de m'offrir à toi. » Elle ne répéta que ceci : « m'offrir à toi ». Dédaignée, elle se cache dans les forêts ; elle couvre de feuillages son visage honteux et vit depuis lors dans des antres solitaires. Mais son amour persiste et s'accroît de la douleur du refus. Le chagrin qui l'empêche de dormir affaiblit son pauvre corps, la maigreur contracte sa peau et toute la substance de son corps se dissipe dans les airs. Seuls la voix et les os lui restent ; sa voix est intacte ; ses os ont pris, dit-on, l'apparence de la pierre. Dès

1. **La fille de Saturne :** Junon, l'épouse de Jupiter, était aussi sa sœur, car fille de Saturne.

lors, elle reste cachée dans les forêts et on ne la voit plus dans les montagnes, mais tous l'entendent : c'est le son qui survit en elle.

Narcisse s'était joué ainsi d'elle, d'autres nymphes nées dans les eaux ou les montagnes, et auparavant d'une foule de jeunes gens. Aussi, l'une des victimes de son mépris leva les mains au ciel et dit : « Qu'il puisse lui aussi aimer sans pouvoir posséder l'être aimé. » La déesse de Rhamnonte[1] entendit ces justes prières. Il y avait une source limpide, aux reflets d'argent, que ni les bergers ni les chèvres qu'ils faisaient paître sur la montagne ni aucun autre bétail n'avaient jamais approchée, qu'aucun oiseau ni aucune bête ni aucune branche tombée d'un arbre n'avait jamais troublée. Elle était entourée de gazon, que l'eau voisine alimentait, et d'une forêt qui empêchait le soleil de réchauffer le lieu. Là, l'enfant, épuisé par l'exercice de la chasse et la chaleur, s'allongea, attiré par l'aspect du lieu et la source. Tandis qu'il veut apaiser sa soif, une autre soif grandit en lui ; tandis qu'il boit, épris du reflet de sa beauté, il se met à aimer une illusion sans corps ; il prend pour un corps ce qui n'est qu'eau. Il est en extase devant lui-même et reste immobile, le visage semblable à une statue faite de marbre de Paros[2]. Étendu sur le sol, il contemple deux astres, ses yeux, ses cheveux, dignes de Bacchus[3] et dignes aussi d'Apollon, ses joues imberbes[4], son cou d'ivoire, la grâce de sa bouche et la rougeur qui se mêle à son teint blanc comme neige. Il admire tout ce qui le rend admirable. À son insu, il se désire lui-même ; il admire et il est admiré ; il convoite en même temps qu'il est convoité ; il brûle du feu qu'il allume lui-même. Combien de fois il donna de vains baisers à la source trompeuse ! Combien de fois il plongea dans l'eau ses bras pour se saisir du cou aperçu, sans parvenir à les resserrer sur soi ! Ce qu'il voit, il l'ignore ; mais ce qu'il voit l'enflamme et la même erreur qui trompe ses yeux les excite. Crédule enfant, pourquoi cherches-tu

---

1. **La déesse de Rhamnonte :** Némésis, qui avait à Rhamnonte, petite ville d'Attique, un sanctuaire. Cette déesse personnifie la vengeance divine ; elle châtie le crime et surtout la démesure, par exemple l'excès de bonheur chez un mortel, ou l'orgueil.
2. **Paros :** île de la mer Égée célèbre pour son marbre blanc.
3. **Bacchus :** dieu de l'ivresse et du vin, que l'on représentait souvent avec de longs cheveux.
4. **Imberbes :** sans barbe.

vainement à te saisir d'une image fugitive ? Ce que tu convoites n'existe pas ; ce que tu aimes, détourne-toi et tu le perds. L'ombre que tu vois, c'est ton reflet. Elle n'a pas de réalité par elle-même ; elle apparaît et demeure avec toi ; elle s'en irait avec toi, si tu pouvais t'en aller.

Ni le souci de Cérès[1], ni celui du repos ne peuvent l'en arracher ; couché sur l'herbe épaisse, il contemple d'un regard insatiable l'image mensongère et se meurt par ses propres yeux. Se soulevant légèrement et tendant ses bras vers les arbres qui l'entourent : « Quelqu'un, ô forêts, dit-il, souffrit-il jamais plus cruellement de l'amour ? Vous le savez, car pour beaucoup d'amants, vous avez été un refuge opportun. Vous qui avez vécu tant de siècles, vous souvenez-vous d'avoir vu au cours d'un temps si long quelqu'un se consumer comme moi ? Il me plaît et je le vois ; mais ce que je vois et qui me plaît, je ne peux le rejoindre, si grande est l'erreur qui abuse mon amour. Et pour aggraver mes souffrances, ce n'est pas une vaste mer qui nous sépare, ni une longue route, ni des montagnes, ni des remparts aux portes closes ; c'est juste un peu d'eau qui nous retient. Lui aussi désire être embrassé, car à chaque fois que je tends un baiser vers les eaux limpides, lui-même essaie de me tendre sa bouche renversée. On croirait pouvoir le toucher ; l'obstacle qui nous empêche de nous aimer est si faible ! Qui que tu sois, viens ici ; pourquoi, enfant sans pareil, me trompes-tu ? Où t'enfuis-tu lorsque je te cherche ? Ce ne peuvent être ni ma beauté ni mon âge que tu fuies : même des nymphes m'ont aimé. Ton visage amical m'offre je ne sais quel espoir. Lorsque je te tends les bras, tu me tends les tiens de ton côté ; lorsque je souris, tu souris. En pleurant, j'ai souvent remarqué tes larmes ; tu réponds à mes signes par un signe de tête ; et, autant que je peux en juger par le mouvement de tes belles lèvres, tu me réponds par des paroles qui ne parviennent pas à mes oreilles. Mais je suis cet enfant ; je l'ai compris et mon image ne me trompe pas ; je brûle d'amour pour moi-même, j'excite la flamme que j'endure. Que faire ? Devrais-je être imploré ou implorer ? Et que pourrais-je implorer ? Ce que je désire est avec moi ; c'est par la possession que je suis dépourvu. Si seulement je pouvais me séparer de mon corps ! Vœu inhabituel

1. **Le souci de Cérès :** le besoin de se nourrir.

pour un amant, je voudrais que ce que j'aime soit éloigné de moi. Déjà la douleur épuise mes forces et il ne me reste plus longtemps à vivre : je m'éteins dans la fleur de mon âge. Mais la mort ne m'est pas pénible, car elle m'ôte mes douleurs. Pour celui qui a ma tendresse, je voudrais qu'il vive plus longtemps. Mais, unis de cœur, nous rendrons ensemble le dernier souffle. »

Ainsi avait-il parlé et, l'esprit égaré, il revint à la même contemplation ; ses larmes troublèrent les eaux et l'agitation de l'étang rendit la forme indistincte. Quand il la vit disparaître : « Où t'enfuis-tu ? Reste et ne m'abandonne pas, cruel, moi qui t'aime, s'écria-t-il. Ce que je ne peux toucher, qu'il me soit au moins permis de le regarder et d'alimenter ma misérable folie. » Tandis qu'il se plaignait, il se dévêtit du haut de son vêtement et frappa sa poitrine nue de ses mains de marbre. Elle prit sous les coups une teinte rose, tout comme les fruits qui sont blancs d'un côté et rougissent de l'autre, ou comme la grappe de raisin qui, n'étant pas encore mûre, laisse voir une teinte pourpre sur quelques grains. Quand il s'en aperçut dans l'onde redevenue limpide, il ne put en supporter davantage ; mais, de même que la cire blonde fond sous une flamme légère ainsi que le givre matinal sous la tiédeur du soleil, de même il dépérit, affaibli par l'amour, et se laisse peu à peu dévorer par un feu secret. Il n'a plus ce teint blanc légèrement rougissant, ni cette vigueur et ces forces, ni tout ce qu'il aimait naguère en lui. Et il ne reste rien de ce corps qu'Écho avait aimé. Lorsque cette dernière le vit, malgré sa rage et sa rancune, elle s'apitoya et, toutes les fois que le malheureux enfant disait : « Hélas ! », sa voix répétait : « Hélas ! » Quand il s'était de ses mains frappé les bras, elle renvoyait le même son de coups. Sa dernière parole en regardant l'eau familière fut : « Hélas, enfant vainement chéri ! » ; le lieu renvoya tout autant de mots. Et lorsqu'il dit : « Adieu ! », Écho dit aussi : « Adieu ! » Il posa sa tête épuisée sur l'herbe verte ; la mort ferma ses yeux, emplis d'admiration pour la beauté de leur maître. Même après avoir été accueilli dans le royaume infernal, il continuait à se regarder dans les eaux du Styx[1]. Ses sœurs, les Naïades[2], le pleurèrent, coupèrent leurs cheveux et

1. **Les eaux du Styx :** voir note 4 p. 22.
2. **Les Naïades :** voir note 2, p. 44.

les déposèrent sur leur frère ; les Dryades[1] pleurèrent aussi ; à leurs pleurs répondait Écho. Déjà elles préparaient le bûcher, les torches que l'on agite[2] et la civière ; mais le corps avait disparu. À sa place, elles trouvent une fleur jaune safran dont le cœur est entouré de pétales blancs.

Livre III, vers 339-510.

LIBRO

e di laltro tõcepete doi figlioli aduno corpo: lu
no aſimigliaua a lo re minos: laltro aſimiglia
ua a qllo notaio chiamato Tauro & pcio fodi
to che lhebe parturito el miotauro. Alhora lo
Re minos ſapẽdo queſto tolſe qlo figliolo cħ
ſomigliaua a Tauro e miſeloĩ pregiõe i una
roca cioe i lo labyrito doue ſemeteano gli pre
gioni de athene: Et percio ſi dice che li prigio
ni de athene ſi daua adiuorare al minotauro
in lo labyrinto : & fo chiamato minotauro
prendendo el nome duno e di laltro.
¶ Come Ariadna ſe inamoro de Theſeo. ¶ Cap. XI.

SI come Ariadna uite Theſeo fo
ſubito di lui inamorata: & chia
mo una ſua ſorella chiamata
Phedra & diſegli io uolõtiera apriria ql
lo giouine cħ gli cãpaſſe p che io o udi
to cħ ello ha ũo bello figliolo: & ſel uo
leſſe tore nui una per lo figliolo laltra p
lui. Io glinſigneria modo cħ gli cãpria.
Diſſe Phedra qſto ſeria grande bene.
Alhora andaro quella ſera & ſi gli par
laro: & Theſeo pmiſſe di fare cio che le
uoleano. Apreſſo mãdaro p dedalo ilq
le hauia edificato lo labyrito & diſſegli
che trouaſe mõ tale che Theſeo altutto
campaſſe. ¶ Cap. XII.
¶ De la morte del minotauro:
ALhora Dedalo ordio una ma
za con tre nodi e tre balote &
ſi li dete a Theſeo: & diſſe qñ
tu ſerai ĩ lo labyrinto come tu giongi al
minotauro fa che tu le geti queſte balo
te ĩ boca: & fato queſto ſi li darai cõ que
ſta maza: & tieni cõ teco queſto filo do
ro loquale io ti do: & appicalo al luſcio
de lo labyrĩto & porta teco laltro capo
a cio che tu ſapi onde uſirne: & ſe tu ne
uſirai nõ ne uſire de di percio che tu po
teſti eſſere morto: Ma aſpecta a luſcio
percio che nui uerẽo la nocte ad te The
ſeo ĩtro ĩ lo labyrinto & fece cio che De
dalo glimpuoſe & cõ queſto modo cã
po & meno cõ ſeco Ariadna & la ſorel
la Phedra. Cap. XIII.
SI come coſtoro foro al lito dil
mare per lo deſagio che hauia
abuto la nocte ſi poſero ador
mire e cuſſi dormendo ĩ lo lito dil mare
Theſeo guardo e uite Phedra piu bella
che Ariadna. Onde ando giaque cõ lei
& inamoroſi deſſa. La matina ſe parti
Theſeo con Phedra & laſſo ſtare. An
driana nel lito: & andone con tanta ale

Page de manuscrit des *Métamorphoses*.
XVIe siècle.

1. **Les Dryades :** nymphes des arbres.
2. **Les torches que l'on agite :** les torches accompagnaient toujours les cortèges funèbres. Elles avaient un rôle purificateur et servaient à allumer le bûcher.

Clefs d'analyse

Action et personnages

1. Combien de métamorphoses sont présentées dans cette légende ?
2. Combien de malédictions sont proférées ? sur qui ?
3. Quel âge Narcisse a-t-il au moment où Écho le rencontre ?
4. Si Écho était l'incarnation d'un caractère, quel serait-il ?
5. Pourquoi le poète dit-il qu'Écho se cache dans les forêts et qu'on ne peut la voir dans les montagnes (l. 61-63) ?
6. Pourquoi Narcisse peut-il être comparé à une statue de marbre (l. 79-80) ?
7. En quoi les lamentations de Narcisse justifient-elles la prophétie de Tirésias ?
8. Quelle est la cause commune des métamorphoses de Narcisse et d'Écho ?

Langue

9. Quel jeu le poète établit-il à partir de l'impossibilité d'Écho à s'exprimer ? Est-elle vraiment incapable de dire son amour ?
10. Relevez l'usage des pronoms personnels dans les deux parties du discours de Narcisse (l. 101-133) ? Quelles conclusions en tirez-vous ?

Genre ou thèmes

11. Quel élément naturel est généralement responsable de l'écho ? Comment est-il introduit dans le récit ?
12. Comment la source où Narcisse s'arrête est-elle présentée ? Qu'est-ce qui en fait un lieu merveilleux ? Que symbolise-t-elle ?
13. Qui s'adresse à Narcisse (l. 91-96) ? Quelle est la nature de ces paroles ?
14. Pourquoi Narcisse est-il châtié ? Quel caractère incarne-t-il ?

15. La présence d'Écho est-elle indispensable à la narration de la légende de Narcisse ? En quoi sa présence renforce-t-elle la thématique développée dans cette légende ?
16. Quels sont les éléments de ce texte que l'on peut associer au motif de la solitude ?

Écriture

17. Imaginez, comme Narcisse, que vous ne vous soyez jamais vu (vous n'avez jamais possédé de miroir, jamais vu de photographie de vous-même ou bien étiez non-voyant et retrouvez subitement la vue) : en passant devant un miroir, vous découvrez une personne inconnue. Faites le portrait physique de cette personne (vous-même) comme s'il s'agissait d'un(e) étranger(ère) rencontré(e) pour la première fois.

Pour aller plus loin

18. À quel trait de caractère rattache-t-on aujourd'hui la figure de Narcisse ? Justifiez ce rapprochement.
19. Cette fable met en scène le motif du miroir. Ce motif intervient dans de nombreux contes : relevez quelques exemples célèbres et résumez les pouvoirs et caractéristiques traditionnellement attribués aux miroirs.

✻ *À retenir*

La philosophie ancienne apprend à se connaître soi-même (« Connais-toi toi-même ! ») ; son enseignement se fonde sur cette idée que l'on parvient à la sagesse en commençant par s'observer et se voir tel que l'on est. La fable de Narcisse est une réflexion poétique sur ce principe philosophique.

Pallas et Arachné

La déesse Pallas a entendu dire qu'une mortelle, Arachné, refuse de lui reconnaître la supériorité dans l'art de tisser la laine.

ARACHNÉ n'était connue ni pour son rang ni pour ses origines mais pour son art. Son père, Idmon de Colophon[1], teignait la laine spongieuse avec le murex de Phocée[2] ; sa mère était morte mais, issue du peuple, elle était de même condition que son mari. Cependant, à travers les villes de Lydie[3], Arachné avait acquis la gloire du fait de son industrie. Pourtant, issue d'une humble famille, elle habitait l'humble Hypaepa. Pour contempler son admirable travail, les nymphes du Timolus[4] abandonnèrent souvent leurs vignobles et celles du Pactole[5] abandonnèrent leurs eaux. Elles se plaisaient non seulement à voir les étoffes une fois faites mais également à la regarder faire – tant elle travaillait avec grâce, lorsque, pour commencer, elle enroulait en pelotes la laine brute, ou bien qu'elle lissait l'ouvrage avec les doigts et que, en les étirant, elle amollissait les flocons de laine semblables à des nuages, ou bien lorsque, de son pouce léger, elle faisait tourner le fuseau, ou qu'elle brodait à l'aiguille. On pouvait deviner qu'elle avait reçu les leçons de Pallas[6], ce qu'elle niait pourtant, offensée d'avoir à reconnaître une telle maîtresse : « Qu'elle lutte avec moi, disait-elle, il n'y a rien que je refuserai si je suis vaincue. »

---

1. **Colophon :** une des villes importantes d'Asie Mineure.
2. **Le murex de Phocée :** Phocée, en Asie Mineure, était connue pour sa production de pourpre, extraite du coquillage appelé murex.
3. **Lydie :** ancien royaume d'Asie Mineure.
4. **Les nymphes du Timolus :** montagne de Lydie, connue aussi sous le nom de Tmolus.
5. **Pactole :** fleuve de Lydie, célèbre pour ses sables aurifères (voir « Midas », p. 90-93).
6. **Les leçons de Pallas :** Pallas-Athéna, fille de Jupiter, est une déesse guerrière. Également considérée comme la déesse de la Raison, elle préside aux arts et à la littérature. C'est aussi comme déesse de l'Activité intelligente qu'elle protège les fileuses, tisserands, brodeuses, etc.

Pallas prend l'apparence d'une vieille femme, applique de faux cheveux blancs sur ses tempes et se saisit d'un bâton pour soutenir ses membres infirmes. Alors, elle s'adresse ainsi à Arachné : « La vieillesse ne comporte pas seulement tous les maux que nous détestons : l'expérience vient avec ces longues années. Ne méprise pas mon conseil ; tu peux rechercher la réputation d'être, parmi les mortelles, la meilleure pour le travail de la laine ; mais admets ton infériorité face à une déesse et demande d'une voix suppliante pardon pour tes paroles audacieuses ; elle te pardonnera si tu le lui demandes. » Arachné la regarde d'un air menaçant ; elle abandonne le fil qu'elle avait commencé et, retenant à peine sa main, laissant paraître sa colère sur ses traits, elle répond en ces termes à Pallas déguisée : « Tu n'as plus ta raison et tu es épuisée par ta vieillesse ; il n'est pas bon d'avoir trop longtemps vécu. Si tu as une belle-fille, si tu as une fille, qu'elles t'écoutent parler ainsi. Moi, je peux me conseiller moi-même ; ne crois pas avoir obtenu quoi que ce soit avec tes avis : mon opinion reste la même. Pourquoi la déesse ne se présente-t-elle pas en personne ? Pourquoi se dérobe-t-elle à la lutte ? » Alors la déesse de dire : « Elle est ici », et elle abandonne sa figure de vieille femme pour redevenir Pallas. Les nymphes et les femmes de Méonie[1] rendent hommage à sa divinité ; seule la jeune fille n'éprouve aucune crainte. Cependant elle rougit ; mais cette rougeur colora subitement et malgré elle son visage pour disparaître aussitôt, tout comme le ciel devient pourpre dès que l'aurore paraît pour blanchir aussitôt après au lever du soleil. Elle s'obstine dans son entreprise et se précipite à sa perte, désireuse de remporter une sotte victoire. En effet, la fille de Jupiter ne renonce pas, ne donne plus aucun avertissement et ne diffère pas la lutte.

Sans retard, elles s'installent, chacune de son côté, et tendent leurs deux métiers avec les fils déliés de la chaîne[2] ; le métier est joint à l'aide de la traverse ; un roseau sépare les fils de chaîne, et le fil de trame s'insère dans l'intervalle au moyen des navettes

1. **Méonie :** nom ancien de la Lydie.
2. **Les fils déliés de la chaîne :** l'ensemble des fils d'un tissu disposés suivant sa longueur, par opposition aux fils de trame.

aiguës[1] ; une fois passé à travers la chaîne, les doigts le mettent en place et les dents découpées du peigne le serrent en le frappant à petits coups. Toutes les deux se hâtent et, leurs manches ramenées jusqu'à la poitrine, agitent leurs bras experts, avec un zèle qui leur fait oublier la fatigue. Elles tissent avec la pourpre[2], issue des cuves de bronze de Tyr, et avec des tons plus sombres aux légères nuances, tel l'arc qui, lorsque la pluie rencontre les rayons du soleil, colore l'étendue du ciel de son immense courbe : mille couleurs variées y brillent, mais la transition entre l'une et l'autre échappe à l'œil du spectateur, tant elles sont identiques à leur point de contact et différentes à leurs extrémités. L'or souple se mêle aux fils et sur la toile se déroulent d'anciennes légendes.

Pallas représente le rocher de Mars sur la citadelle de Cécrops[3] et l'antique débat pour donner un nom à cette terre. Deux groupes de six dieux siègent sur de grands trônes autour de Jupiter, avec une auguste gravité[4] ; son apparence désigne chacun des dieux. L'image de Jupiter est celle d'un roi. Elle représente le dieu de la Mer debout, frappant de son long trident les rochers escarpés ; au milieu de la faille jaillit un cheval[5], gage par lequel il souhaite remporter la ville. À elle-même, elle se donne un bouclier, une lance à la pointe acérée et un casque ; sa poitrine est protégée par l'égide[6]. Elle représente la terre, frappée par sa lance, enfantant un olivier argenté[7] chargé de fruits et entouré des dieux remplis d'admiration. La Victoire[8] complète l'œuvre. Mais, pour que celle qui lui dispute la gloire comprenne par des exemples quel prix elle peut espérer de son audace insensée, elle ajoute aux quatre coins

1. **Au moyen des navettes aiguës :** instruments formés d'une pièce de bois pointue que l'on déplace sur le métier à tisser.
2. **La pourpre :** teinture rouge violacé extraite du murex (voir note 2 page 57) et fabriquée à Tyr, en Asie Mineure.
3. **Le rocher de Mars sur la citadelle de Cécrops :** l'Aréopage, l'une des collines d'Athènes, voisine de l'Acropole (la citadelle de Cécrops, roi légendaire d'Athènes).
4. **Une auguste gravité :** une expression sérieuse et solennelle.
5. **Un cheval :** le cheval était l'animal symbolique de Poséidon.
6. **L'égide :** une égide est une sorte de cuirasse en peau de chèvre.
7. **Un olivier argenté :** l'olivier était l'arbre symbolique d'Athéna.
8. **La Victoire :** représentée sous la forme d'une déesse ailée.

quatre épisodes de compétition[1] aux coloris brillants, différents de la première scène par la petitesse des figures. L'un des angles comprend Rhodope de Thrace et Hémus, aujourd'hui montagnes glacées, autrefois mortels qui s'attribuèrent les noms des plus grands dieux. L'angle opposé présente le destin malheureux de Gérana, la mère des Pygmées : Junon, qui l'avait vaincue en compétition, ordonna qu'elle devînt grue et fît la guerre à son peuple. Elle représente aussi Antigone, qui osa jadis se mesurer à l'épouse du grand Jupiter, et que cette dernière, la reine Junon, transforma en oiseau ; ni Ilion ni son père Laomédon ne purent l'empêcher de se couvrir de plumes et de s'applaudir elle-même, devenue blanche cigogne, en claquant du bec. Le dernier angle comprend Cinyras, privé des siens ; on le voit embrasser les marches d'un temple, corps de ses filles, et pleurer couché sur la pierre. Elle entoure les bordures de branches d'olivier, l'arbre de la paix. Elle s'arrête là et achève l'ouvrage par son arbre.

La Méonienne dessina[2] Europe trompée par l'apparence d'un taureau ; on croirait un vrai taureau et de vrais flots. Europe avait l'air de contempler les terres qu'elle quittait, d'appeler ses compagnes et de ramener sous elle ses pieds, de peur de toucher l'eau qui l'assaillait. Elle représenta aussi Astérie aux prises avec un aigle ; elle représenta Léda couchée sous les ailes d'un cygne. Elle montra également comment Jupiter, déguisé en satyre[3], fit deux jumeaux à Antiope, la fille si belle de Nyctéus, comment il fut Amphitryon pour te séduire, Alcmène, reine de Tirynthe, comment changé en or il trompa Danaé, changé en feu Égine, la fille d'Asopus, en berger Mnémosyne, et en serpent multicolore Perséphone, la fille de Déo[4]. Toi aussi, Neptune, changé en taureau menaçant et couvrant Canacé, la fille d'Éole ; sous l'apparence d'Énipée, tu engendres les Aloïdes, sous celle d'un bélier tu abuses

1. **Quatre épisodes de compétition :** Pallas représente ici quatre scènes où des mortels, ayant osé entrer en compétition avec une divinité, furent métamorphosés (voir tableau p. 142).
2. **La Méonienne dessina :** Arachné représente les aventures amoureuses des dieux et leurs métamorphoses pour pouvoir tromper l'objet de leurs désirs (voir tableau p. 142).
3. **Satyre :** demi-dieu à jambes de bouc, avec de longues oreilles pointues, des cornes et une queue, et au corps couvert de poils.
4. **Déo :** autre nom de Zeus.

de Théophané, la fille de Bisalte ; et Cérès, la mère bienfaisante des moissons, la déesse aux cheveux blonds, t'a connu cheval ; la mère du coursier ailé[1], à la chevelure de serpents, t'a connu oiseau et Mélantho t'a connu dauphin. À chaque personnage, à chaque lieu, elle donne son aspect propre. On y voit Phoebus sous les traits d'un paysan, et aussi lorsqu'il porta les plumes d'un épervier ou la peau d'un lion, et lorsque, berger, il abusa d'Issé, la fille de Macarée. On y voit comment Liber[2] trompa Érigone sous la forme trompeuse d'une grappe de raisin, comment Saturne engendra Chiron à la double nature sous la forme d'un cheval. L'extrémité de la toile est entourée d'une fine bordure et comprend des fleurs entrelacées aux vrilles du lierre.

Ni Pallas ni l'Envie ne pourraient blâmer cet ouvrage. La vierge guerrière aux cheveux blonds enragea de ce succès et déchira la toile où sont représentés les crimes des dieux. Et, avec sa navette faite en bois du mont Cytore[3], elle frappa à trois et quatre reprises la fille d'Idmon, Arachné. La malheureuse ne put le supporter et, de dépit, se pendit au moyen d'un lacet qu'elle avait noué autour de sa gorge. Pallas prit pitié d'elle et allégea son sort : « Vis, dit-elle, mais reste pendue, misérable ! Et, pour que tu perdes tout espoir en l'avenir, que le même châtiment touche ta race et tes neveux les plus éloignés. » S'éloignant ensuite, elle répand sur elle le jus d'une herbe d'Hécate[4] : aussitôt, ses cheveux, touchés par ce redoutable poison, tombent, et avec eux son nez et ses oreilles ; sa tête devient toute petite et son corps tout entier se rapetisse également ; de frêles doigts s'attachent à ses flancs en guise de jambes ; tout le reste n'est qu'un ventre d'où elle tire du fil en s'exerçant comme avant, devenue araignée, à ses toiles.

Livre VI, vers 7-145.

---

1. **La mère du coursier ailé :** il s'agit de Méduse, la mère de Pégase.
2. **Liber :** autre nom de Bacchus, le dieu de l'ivresse et du vin.
3. **En bois du mont Cytore :** mont du nord de l'Asie Mineure ; le bois dont il s'agit est le buis.
4. **Une herbe d'Hécate :** apparentée à Artémis (Diane), Hécate préside aux enchantements et à la magie.

Clefs d'analyse

Action et personnages

1. En quoi Arachné se distingue-t-elle des personnages traditionnels de la mythologie ?
2. Pourquoi Pallas se présente-t-elle à Arachné sous l'apparence d'une vieille femme ?
3. « retenant à peine sa main » (l. 30) : qu'allait faire Arachné ?
4. Pourquoi la rougeur d'Arachné s'évanouit-elle une fois la première frayeur passée (l. 42-43) ? Quel est alors son sentiment ?
5. Combien de scènes la toile d'Arachné représente-t-elle ? Comparez avec celle de Pallas : que vous suggère cette comparaison ?

Langue

6. Relevez l'ensemble des termes s'appliquant à l'art du tissage.
7. Quelle est la partie du corps que ce récit met au premier plan ? Relevez les termes qui s'y rapportent (l. 9-19 et 49-64).

Genre ou thèmes

8. Comment Pallas s'oppose-t-elle au dieu Poséidon dans la scène qu'elle réalise sur sa tapisserie ? Étudiez les éléments de cette opposition.
9. Quels sont les éléments communs aux travaux d'Arachné et de Pallas ? Quelles sont les principales différences entre les sujets choisis ? Pourquoi Arachné choisit-elle les scènes décrites dans ce récit ? Même question pour Pallas.
10. En quoi le thème commun aux épisodes mythologiques représentés par Pallas est-il en rapport avec la fable d'Arachné ?
11. Combien de métamorphoses cette fable met-elle en scène ? Que concluez-vous de cette observation ?

Écriture

12. Imaginez quelle aurait pu être la fin de l'histoire si Pallas avait remporté le concours : vous rapporterez le discours de Pallas à Arachné et les sentiments de cette dernière face à sa défaite.
13. En vous inspirant de la description de la toile de Pallas, rédigez la description d'un tableau ou d'une tapisserie. L'œuvre pourra être réelle ou issue de votre imagination.

Pour aller plus loin

14. Quelles sont les attributions traditionnelles de la déesse Pallas ? En quoi ces attributions justifient-elles son intervention auprès d'Arachné ? Vous choisirez une autre divinité du panthéon grec et imaginerez une fable dans laquelle cette divinité entre en compétition avec un(e) mortel(le) la défiant sur son propre terrain.
15. La mythologie constitue l'une des sources d'inspiration principales des arts figurés dans l'Antiquité. À partir du modèle d'une œuvre véritable (mosaïque, fresque, vase), vous rédigerez une description vivante de la fable ou de la scène représentées.

✻ *À retenir*

L'un des principes de composition du poème repose sur le récit enchâssé (ou récit dans le récit). Chaque fable peut être l'occasion d'évoquer d'autres fables soit que l'un des personnages se fasse conteur, soit, comme ici, que la description d'un objet invite à relater un épisode de la mythologie.

Les paysans lyciens

Léto (ou Latone), fille du Titan Cœus et de la Titanide Phoebé, enfanta deux jumeaux issus de Jupiter, Apollon et Artémis (Diane). Junon, jalouse, avait interdit à tous les lieux de la Terre de lui donner asile pour qu'elle puisse mettre ses enfants au monde.
Un habitant de Lydie raconte un épisode survenu lors de l'errance de la déesse.

DANS LES CAMPAGNES de Lycie également, il arriva jadis que des paysans fussent châtiés pour avoir méprisé la déesse. L'histoire est peu connue en raison de la basse condition de ces hommes, mais elle n'en est pas moins merveilleuse. J'ai vu de mes propres yeux l'étang et le lieu que le prodige a rendus célèbres. En effet, mon père, fort âgé et incapable d'entreprendre un voyage, m'avait demandé de ramener de là-bas des bœufs de choix et m'avait lui-même donné pour guide un homme de ce pays. Alors que je parcourais les pâturages avec lui, voilà que nous rencontrons, se dressant au milieu d'un lac, un vieil autel noirci par la cendre des sacrifices et entouré de roseaux frémissants. Mon guide s'arrête et murmure d'une voix craintive : « Sois-moi favorable ! » Et moi-même de murmurer également : « Sois-moi favorable ! » Je demandai cependant si l'autel était consacré aux Naïades[1], à un Faune[2] ou bien à un dieu local ; mon hôte me répondit alors ainsi :

« Ce n'est pas une divinité des montagnes, jeune homme, qui habite cet autel : il proclame pour maîtresse celle à qui l'épouse royale interdit jadis la terre entière. L'errante Délos[3], au temps où, île légère, elle flottait sur les eaux, hésita à l'accueillir lorsqu'elle la suppliait de lui donner asile. C'est là que Latone, appuyée contre

1. **Aux Naïades :** voir note 2, p. 44.
2. **Faune :** vieille divinité de l'Italie, assimilée au Pan grec, dieu des Bergers et des Troupeaux.
3. **L'errante Délos :** Léto fut accueillie par l'île de Délos, en mer Égée, qui était alors une île errante et stérile, n'ayant rien à craindre de la colère de Junon. En récompense, l'île fut fixée au fond de la mer par quatre colonnes qui la maintinrent solidement.

un palmier et l'arbre de Pallas, mit au monde deux jumeaux contre la volonté de leur marâtre[1]. On rapporte aussi qu'elle dut s'enfuir devant Junon et quitter ces lieux après son accouchement ; elle dut porter ses deux enfants divins sur son sein. Et déjà, parvenue sur le territoire de la Lycie, terre qui enfanta la Chimère[2], à l'heure où le soleil accablant brûlait les champs, la déesse épuisée par tant de peines fut prise, sous la chaleur de l'astre, d'une soif sèche : ses enfants avides avaient bu tout le lait de son sein. Mais, au hasard du chemin, elle aperçut au fond d'une vallée une petite étendue d'eau. Des paysans y cueillaient de l'osier aux nombreuses pousses ainsi que du jonc et des algues dont les marais regorgent. La fille du Titan s'approcha et s'agenouilla sur le sol pour puiser et boire l'eau fraîche. La troupe des paysans le lui défend ; la déesse répond ainsi à leur défense : "Pourquoi m'interdire cette eau ? L'usage de l'eau appartient à tout le monde. La nature n'a pas fait du soleil la propriété de qui que ce soit, ni de l'air ni de l'eau limpide. C'est un bien public que je viens chercher. Et pourtant je vous demande en suppliant que vous me l'accordiez. Je n'avais pas l'intention d'y baigner mes membres et mon corps épuisés, mais simplement d'apaiser ma soif. Ma bouche, en vous parlant, manque de salive et ma gorge est desséchée : ma voix peut à peine en sortir. Une gorgée d'eau sera pour moi du nectar[3] et je vous devrai la vie : avec l'eau, vous m'aurez donné la vie. Laissez-vous attendrir par eux, qui de mon sein vous tendent leurs petits bras." Et les enfants tendaient justement leurs bras. Qui aurait pu ne pas être touché par les douces paroles de la déesse ? Les paysans s'obstinent cependant à repousser la suppliante et ajoutent des menaces pour l'obliger à s'éloigner et des injures. Mais ils ne s'arrêtent pas là : ils troublent les eaux de l'étang avec leurs pieds et leurs mains et, en sautant çà et là, font remonter par méchanceté la vase à la surface. La colère chassa la soif : la fille de Cœus arrête de supplier ceux qui s'en montrent indignes et n'admet plus de tenir des propos au-dessous d'une déesse ; levant ses mains vers les cieux : "Vivez à jamais dans

1. **Leur marâtre :** voir note 1, p. 23.
2. **La Chimère :** animal fabuleux qui tient de la chèvre et du lion, capable de souffler des flammes.
3. **Du nectar :** voir note 3, p. 21.

cet étang." Le souhait de la déesse se réalise : ils aiment être sous l'eau et tantôt ils plongent tout leur corps au fond du marais, tantôt ils sortent la tête, tantôt ils nagent à la surface. Souvent ils s'installent sur la rive de l'étang ; souvent ils bondissent dans les eaux froides. Mais ils continuent encore à fatiguer leur méchante langue en querelles et, sans aucune retenue, même s'ils sont sous l'eau, s'essayent à l'insulte. Leur voix est désormais rauque, leur gorge s'enfle et se gonfle d'air, et leurs injures distendent leur grande bouche. Leur dos touche la tête et leur cou a disparu ; leur échine[1] est verte et leur ventre, la plus grosse partie de leur corps, blanc. Devenus grenouilles, ils sautent dans les profondeurs boueuses. »

Livre VI, vers 317-381.

1. **Leur échine :** leur dos.

Clefs d'analyse

Action et personnages

1. Qui est le narrateur de cette légende ?
2. Pourquoi cet épisode est-il peu connu ?
3. Relevez tous les éléments définissant le décor de cette fable. De quel paysage sont-ils caractéristiques ?
4. Quel élément du récit illustre le mieux la cruauté des paysans lyciens ?
5. Comment le narrateur présente-t-il la métamorphose finale ?
6. Quel trait de caractère des paysans retrouve-t-on chez les grenouilles ?

Langue

7. « Et déjà, [...] tout le lait de son sein » (l. 24-28) : relevez et analysez tous les compléments circonstanciels contenus dans cette phrase.
8. Relevez les parties du corps des grenouilles mentionnées dans ce texte (l. 54-64) ; que pensez-vous de la précision de la description de l'animal ?

Genre ou thèmes

9. Comment cette légende est-elle présentée, comme un récit merveilleux ou comme une histoire vraie ?
10. Par quels procédés le poète rend-il le récit de la métamorphose particulièrement vivant ?

Écriture

11. Écrivez une autre version de la fable où les paysans ne se montrent pas cruels, mais font preuve au contraire d'une hospitalité remarquable : décrivez leur comportement, rapportez leurs paroles et imaginez la récompense que la déesse leur accorde.

12. « Les paysans s'obstinent cependant à repousser la suppliante et ajoutent des menaces pour l'obliger à s'éloigner et des injures » (p. 65, l. 46-48). Rédigez la réponse des paysans à la déesse.

Pour aller plus loin

13. À quel autre récit des *Métamorphoses* peut-on opposer cette légende ? Établissez une comparaison de deux fables en listant les points communs et les différences.

✻ *À retenir*

Les mythes rapportés par Ovide ne sont pas tous aussi célèbres. Certains ont été relatés par les plus grands poètes et étaient connus de tous ; d'autres sont d'une origine plus obscure et devaient appartenir à des coutumes locales. La fable des paysans lyciens fait vraisemblablement partie de ces légendes locales. Chaque cité, chaque contrée avait ses propres traditions.

Dédale et Icare

Le poète vient de conter la légende du Labyrinthe que le roi Minos, souverain de Crète, fit construire pour y enfermer le Minotaure, monstre mi-homme mi-taureau. Dédale, son architecte, était retenu prisonnier par Minos pour avoir révélé la ruse permettant de ne pas se perdre dans sa construction. Il cherche à s'échapper avec son fils Icare.

DÉDALE, las de la Crète et d'un long exil, fut saisi d'amour pour sa terre natale, mais se trouvait prisonnier de la mer[1]. « Minos, dit-il, peut bien me fermer la terre et la mer mais le ciel me reste ouvert. C'est par là que nous partirons. Minos peut tout posséder, il n'en possède pas l'air pour autant. » Sur ces paroles, il applique son esprit à un art encore inconnu et bouleverse les lois de la nature. Il dispose en effet des plumes en rang, en commençant par la plus grande et les faisant se suivre de plus en plus petites de telle sorte qu'elles paraissent pousser en ordre décroissant de taille : c'est ainsi que la flûte champêtre[2] s'élargit peu à peu en des tuyaux inégaux. Il les attache ensuite au milieu avec du lin et aux extrémités avec de la cire ; ainsi disposées, il les courbe légèrement pour imiter les vrais oiseaux. Son fils Icare se tenait à côté de lui et, sans savoir qu'il manipulait ce qui allait causer sa perte, le visage souriant, tantôt il attrapait les plumes que la brise emportait au hasard, tantôt il amollissait avec le pouce la cire blonde et gênait par ses jeux le merveilleux travail de son père. Après avoir mis la dernière main à son ouvrage, l'artisan équilibra son corps sur les deux ailes et s'éleva dans les airs en les agitant. Il donne également les instructions à son fils : « Icare, dit-il, je te recommande de voler à mi-hauteur : si tu descends trop, l'eau alourdira tes plumes ; si tu t'élèves trop, le soleil les brûlera. Vole entre les deux. Je te recommande de ne pas regarder le Bouvier, ni l'Hélice ni l'épée

---

1. **Prisonnier de la mer :** la Crète est une île.
2. **La flûte champêtre :** la flûte de Pan (voir la fable de Midas, p. 90-93).

nue d'Orion[1] ; suis la route sur laquelle je te guiderai. » Et il lui enseigne comment voler tout en arrangeant sur ses épaules ces ailes qu'il ignorait. Au milieu de ce travail et de ces avertissements, les joues du vieil homme se mouillèrent et un tremblement saisit ses mains de père. Il donna à son fils des baisers qu'il ne devait pas renouveler et, s'élevant au moyen de ses ailes, s'envola devant son compagnon, empli de crainte à son égard, comme l'oiseau qui, du haut du nid, vient d'emmener sa tendre couvée à travers les airs ; il l'encourage à le suivre, le forme à son art de malheur et observe les ailes de son fils tout en agitant les siennes. Un pêcheur en train d'attraper des poissons au bout de son roseau tremblant[2] ou un berger appuyé sur son bâton ou encore un laboureur sur le manche de sa charrue les vit et resta stupéfait : il prit pour des dieux ces hommes capables de parcourir le ciel. Et déjà Samos, l'île de Junon, était sur leur gauche (ils avaient déjà dépassé Délos et Paros), et sur leur droite étaient Lébinthos et Calymné[3], fertile en miel. Alors, l'enfant commença à prendre plaisir dans ce vol audacieux : il laissa son guide et prit une route plus élevée, attiré par les hauteurs. La proximité du soleil amollit la cire odorante qui fixait les plumes. La cire avait fondu. L'enfant agite ses bras nus et, dépourvu de ses rames aériennes, il n'a plus de prise sur l'air. Sa bouche criait le nom de son père lorsque l'engloutit le flot azuré, auquel il donna son nom[4]. Mais son malheureux père, qui n'était plus père, appelait : « Icare, Icare, où es-tu ? En quel endroit dois-je te chercher ? » « Icare », appelait-il, lorsqu'il aperçut sur l'eau des plumes. Il maudit son art et donna une sépulture au corps de son fils ; et la terre où ce dernier fut enseveli reçut son nom.

Livre VIII, vers 183-235.

---

1. **Le Bouvier [...] l'Hélice [...] Orion :** le Bouvier et l'Hélice sont des constellations de l'hémisphère Nord et Orion une constellation de l'hémisphère Sud. Orion était un chasseur légendaire, d'où la mention de l'épée nue.
2. **Son roseau tremblant :** sa canne à pêche, faite de roseau.
3. **Samos [...] Délos et Paros [...] Lébinthos et Calymné :** îles de la mer Égée.
4. **Son nom :** les Anciens appelaient *Icarium mare* la partie orientale de la mer Égée et *Icaria* l'une de ses îles.

Perdix

PENDANT que Dédale déposait le corps de son malheureux fils dans son tombeau, la perdrix bavarde l'aperçut depuis un fossé bourbeux. Elle applaudit d'un battement d'ailes et fit entendre sa joie par son chant. Elle était alors un oiseau unique en son genre ; on ne l'avait jamais vu auparavant, car sa transformation était récente. Elle était pour toi, Dédale, un reproche permanent. En effet, ta sœur, ignorant le sort qui l'attendait, t'avait confié l'instruction de son fils, alors qu'il avait fêté douze anniversaires et que son esprit était capable de profiter des leçons. C'est lui qui, ayant observé l'arête des poissons, la prit pour modèle et tailla dans un fer aiguisé une série de dents, inventant ainsi la scie. Il fut aussi le premier à relier deux bras de fer à partir d'une unique articulation de sorte que l'une restait en place lorsque l'autre, toujours à égale distance de la première, traçait un cercle. Dédale devint jaloux et le précipita du haut de la citadelle sacrée de Minerve[1], prétendant qu'il avait glissé. Mais Pallas[2], qui favorise le génie, le reçut et fit de lui un oiseau en le couvrant de plumes au milieu de sa chute dans les airs. Mais la force de son génie, jadis si vif, a passé dans ses ailes et ses pattes ; il a également gardé son ancien nom. Cependant cet oiseau ne s'élève pas très haut et ne fait pas son nid dans les branches ni sur la cime des arbres ; il voltige près du sol et dépose ses œufs dans les haies, car le souvenir de son ancienne chute lui fait redouter les hauteurs.

Livre VIII, vers 236-259.

1. **La citadelle sacrée de Minerve :** l'Acropole d'Athènes.
2. **Pallas :** Minerve.

Clefs d'analyse

Dédale et Icare, Perdix

Action et personnages

1. À quel autre mythe la fable de Dédale et Icare peut-elle être comparée ?
2. Où se trouve la métamorphose dans l'histoire de Dédale et Icare ? Qu'a-t-elle d'original ?
3. Comment qualifieriez-vous la description de la fabrication des ailes ? Donnez des indications précises pour illustrer votre réponse.
4. Quels éléments de la première partie du récit laissent présager le sort d'Icare ?
5. Quels sont le comportement et les sentiments du père vis-à-vis de son fils ? Comment le poète parvient-il à les rendre émouvants ?
6. Comment la jeunesse et l'insouciance d'Icare se manifestent-elles ?
7. Quel sentiment est à l'origine de la mort d'Icare ?
8. Pourquoi Perdix est-il joyeux de la mort d'Icare ?
9. Quels sont les deux instruments inventés par Perdix ?
10. Pourquoi Dédale était-il si jaloux du génie de Perdix ?

Langue

11. Quelle proposition résume le principe physique qui permet de voler ?

Genre ou thèmes

12. Que représentent le pêcheur, le berger et le laboureur (p. 70, l. 33-36) par rapport à Dédale ?
13. Comment Perdix est-il introduit dans le récit ? En quoi le récit de sa métamorphose diffère-t-il des autres ?

Écriture

14. Voler est l'un des plus vieux rêves de l'humanité : imaginez que vous êtes doté de ce pouvoir et racontez un épisode au cours duquel vous en feriez usage.

Pour aller plus loin

15. Pourquoi Dédale a-t-il été puni par la mort de son fils ? Vous comparerez ce châtiment à ceux de Phaéthon ou d'Arachné par exemple.
16. Ce texte est une illustration des dangers présentés par les inventions et avancées technologiques de l'homme ; connaissez-vous d'autres exemples ou récits qui pourraient illustrer ce thème ?
17. Quel autre héros de la mythologie incarne la ruse et la capacité à inventer des stratagèmes ?

✳ *À retenir*

La mythologie grecque présente plusieurs cycles. L'un d'entre eux, parmi les plus importants et les plus riches, est le cycle crétois, centré sur la figure de Minos, roi légendaire de l'île. Quelques-unes des fables les plus illustres de l'Antiquité, comme celle du Minotaure, tué par Thésée, appartiennent à ce cycle. En tant qu'architecte du fameux Labyrinthe, Dédale est l'un des personnages de ce cycle.

Philémon et Baucis

Le héros Lélex raconte à Pirithoos, qui remet en cause la puissance des dieux, une légende illustrant les pouvoirs infinis des habitants du ciel.

« LA PUISSANCE du ciel est immense et sans fin : tout ce que les dieux veulent se réalise. Et, pour que tu n'en doutes pas, écoute : il y a sur les collines de Phrygie[1] un chêne voisin d'un tilleul, qu'un petit mur entoure. J'ai vu moi-même ce lieu ; car Pitthée[2] m'envoya sur les terres de Pélops, où son père régna autrefois. Non loin de là, il y a un étang, qui fut d'abord une terre habitable. Ses eaux sont aujourd'hui fréquentées par les plongeons et les foulques[3] des marais. Jupiter y vint sous les traits d'un mortel ; le petit-fils d'Atlas, le dieu au caducée[4], avait déposé ses ailes et accompagnait son père. Ils se présentèrent dans mille maisons, pour demander un endroit où se reposer, et dans mille maisons ils trouvèrent porte close. Une seule les accueillit, bien que petite et couverte de chaumes et de roseaux des marais. Une vieille femme pieuse, Baucis, et Philémon, du même âge qu'elle, s'y sont unis dans leur jeunesse et y ont vieilli, rendant leur pauvreté légère en l'avouant et la supportant avec une humeur égale. Inutile de chercher là maîtres et serviteurs : ils sont à eux deux toute la maison, obéissent et ordonnent en même temps.

Donc, lorsque les habitants du ciel eurent atteint ces modestes pénates[5] et franchi la petite porte en baissant la tête, le vieillard les invita à reposer leurs membres sur un petit siège. L'attentive

1. **Phrygie :** région du nord de l'Asie Mineure.
2. **Pitthée :** Lélex, le narrateur de l'histoire, est fils de Pitthée, fils lui-même de Pélops, dont le père Tantale régnait en Phrygie.
3. **Les plongeons et les foulques :** oiseaux des marais.
4. **Le petit-fils d'Atlas [...] caducée :** le dieu Mercure (Hermès), fils de Jupiter et messager des dieux. On le représentait chaussé de sandales ailées, coiffé d'un large chapeau et portant le caducée, une baguette autour de laquelle s'enroulent deux serpents. Ce même caducée est aujourd'hui un symbole de la médecine.
5. **Ces modestes pénates :** les pénates sont les divinités protectrices du foyer. Chaque maison possède un petit autel consacré aux pénates.

Baucis le recouvre d'un tissu grossier, écarte dans le foyer les cendres encore tièdes, ranime le feu de la veille en l'alimentant de feuilles et d'écorces sèches, fait naître des flammes sous son souffle de vieille femme, rapporte de leur abri du bois coupé et des brindilles sèches, les brise en morceaux et les place sous un petit chaudron de bronze. Elle épluche ensuite des légumes que son mari était allé cueillir dans le jardin bien arrosé. Avec une fourche à deux dents, elle décroche un dos enfumé de porc qui était suspendu à une poutre noircie. Elle coupe un petit morceau de ce dos longtemps conservé et le fait ramollir dans l'eau bouillante. Cependant, ils trompent par leur conversation le temps qui passe et font oublier l'attente. Ils avaient un baquet[1] de hêtre suspendu à un clou par son anse recourbée. Ils le remplissent d'eau tiède et y font tremper pour les réchauffer les membres de leurs hôtes. Au milieu de la pièce se trouvait un matelas fait d'algues molles dont les pieds étaient en saule. Ils le recouvrent d'une étoffe qu'ils n'étendaient normalement que les jours de fête. Mais même cette dernière est vieille et sans valeur, juste digne d'un lit en saule. Les dieux s'y couchent. La vieille femme, sa robe relevée, apporte en tremblant une table ; mais, sur les trois pieds, l'un était trop court ; on l'égalise avec un tesson. Puis, lorsqu'on l'eut remise de niveau, on l'essuya avec des menthes vertes. On y dépose des baies de la vierge Minerve[2], de deux couleurs, des cornouilles d'automne[3] conservées dans la saumure[4] liquide, des endives, du raifort[5], du fromage et des œufs délicatement retournés sous la cendre tiède, le tout dans de la vaisselle d'argile. Ensuite on installe un cratère[6] ciselé dans la même argile et des coupes taillées dans le hêtre dont la partie creuse est enduite de cire dorée. L'attente n'est pas longue avant que n'arrivent du foyer des plats chauds. Le vin, qui n'est pas bien vieux, est retiré pour faire place au second plat, des noix, des figues mêlées aux dattes ridées, des prunes, des pommes odorantes

---

1. **Un baquet :** un grand récipient de bois.
2. **Des baies de la vierge Minerve :** des olives, qui sont le fruit de Minerve.
3. **Des cornouilles d'automne :** voir note 2, p. 21.
4. **La saumure :** mélange d'eau et de sel utilisé pour conserver les aliments.
5. **Du raifort :** sorte de gros radis.
6. **Un cratère :** un grand vase dans lequel on préparait le vin.

placées dans de larges corbeilles et du raisin cueilli sur la vigne aux feuilles rouges. Au milieu se trouve un gâteau de miel blanc. À tout cela s'ajoutaient des visages bienveillants et un zèle qui ne reflétait ni la mollesse ni la pauvreté.

Cependant les deux vieux voient que le cratère, plusieurs fois vidé, se remplit tout seul et que le niveau du vin remonte de lui-même. Ils sont frappés d'étonnement face à ce prodige et, levant les mains au ciel, Baucis et Philémon, emplis de crainte, se mettent à prier et demandent pardon pour ce repas sans apprêts[1]. Ils avaient une oie, une seule, gardienne de leur petite maison[2], que ses maîtres allaient sacrifier pour leurs hôtes divins. L'oiseau aux ailes rapides fatigue leurs jambes ralenties par l'âge et leur échappe longtemps jusqu'au moment où il semble se réfugier auprès des dieux eux-mêmes. Ces derniers défendent qu'on le tue : « Nous sommes des dieux et vos voisins subiront le châtiment qu'ils méritent, dirent-ils, mais vous, il vous sera accordé d'échapper à ce malheur. Abandonnez seulement votre toit, suivez-nous et montez avec nous sur la montagne. » Ils obéissent tous les deux et, s'appuyant sur des bâtons, gravissent avec peine la longue pente.

Il leur restait, jusqu'au sommet, la distance que peut parcourir une flèche une fois lancée. Ils tournèrent leur regard et virent que tout avait été englouti par un étang ; seule leur maison était encore là. Et tandis qu'ils s'étonnent et déplorent le sort de leurs voisins, leur vieille cabane, trop petite même pour ses deux maîtres, se transforme en temple ; des colonnes ont remplacé les supports fourchus ; le chaume jaunit et prend l'aspect d'un toit doré ; les portes se cisèlent et le sol se couvre de marbre. Alors, d'une voix bienveillante, le fils de Saturne[3] parla ainsi : « Dites-moi, juste vieillard et toi, digne épouse d'un juste mari, que souhaitez-vous ? » Philémon échangea quelques mots avec Baucis et annonça aux dieux leur décision commune : « Être vos prêtres et les gardiens de votre temple, voilà ce que nous demandons et, puisque

1. **Sans apprêts :** très simple.
2. **Gardienne de leur petite maison :** les oies étaient utilisées comme gardiennes ; par leurs cris elles pouvaient donner l'alerte (voir l'histoire célèbre des oies du Capitole).
3. **Le fils de Saturne :** Jupiter.

nous avons toujours vécu ensemble, que la même heure nous emporte tous les deux, que je ne voie jamais le bûcher de mon épouse ni ne sois jamais enterré par elle. »

Leurs vœux se réalisent : ils eurent la garde du temple aussi longtemps qu'ils vécurent. Épuisés par les années et leur grand âge, un jour que, devant les marches du temple, ils racontaient l'histoire du lieu, Baucis vit Philémon se couvrir de feuilles et le vieux Philémon vit Baucis se couvrir de feuilles. Et, alors qu'une cime s'élevait au-dessus de leurs deux visages, ils échangeaient, tant qu'il leur était possible, des paroles : « Adieu, mon époux », dirent-ils en même temps, et en même temps l'écorce recouvrit leurs bouches. Aujourd'hui encore, l'habitant de Thynos[1] montre deux troncs voisins nés de leurs corps. C'est l'histoire que des vieillards dignes de foi m'ont racontée. J'ai vu moi-même les guirlandes suspendues aux branches et, en offrant des guirlandes de fleurs fraîches, j'ai dit : « Que leur piété fasse d'eux des dieux, et que ceux qui ont honoré soient à leur tour honorés. »

Livre VIII, vers 618-724.

1. **Thynos :** ville importante de Phrygie.

Clefs d'analyse

Action et personnages

1. « Donc, lorsque les habitants du ciel eurent atteint ces modestes pénates et franchi la petite porte en baissant la tête » (p. 74, l. 19-20) : quel intérêt présente cette mention de la taille de la porte ? Que révèle-t-elle sur le lieu ou sur les dieux ?
2. « La vieille femme, sa robe relevée, apporte en tremblant une table » (p. 75, l. 40-41) : pourquoi Baucis tremble-t-elle ?
3. Combien de métamorphoses ce récit comporte-t-il ?

Langue

4. Relevez tous les termes en rapport avec les idées de petitesse et de modestie.
5. Lignes 19-56, p. 74-76 : relevez tous les adjectifs qualificatifs et classez-les selon le type de qualité ou de caractéristique qu'ils désignent. Quelles observations en tirez-vous ?
6. « Baucis vit Philémon se couvrir de feuilles et le vieux Philémon vit Baucis se couvrir de feuilles » (p. 77, l. 91-92) : que pensez-vous de la construction de cette phrase ? Quels sont l'effet produit ou l'idée suggérée ?

Genre ou thèmes

7. Quelle phrase de cette fable pourrait être utilisée pour résumer l'ensemble des *Métamorphoses* ?
8. Relevez les éléments qui, au début de la narration comme à la fin, visent à prouver la véracité de cette histoire.
9. Le narrateur mentionne un dos de porc « longtemps conservé » (p. 75, l. 31) et un vin « qui n'est pas bien vieux » (p. 75, l. 50-51). Quelle remarque pouvez-vous faire sur ces précisions concernant les mets offerts ?

Écriture

10. « [...] un jour que, devant les marches du temple, ils racontaient l'histoire du lieu » (p. 77, l. 90-91) : vous êtes Philémon ou Baucis et vous racontez votre aventure.
11. Le récit des lignes 19 à 54 est au présent : transposez-le au passé.

Pour aller plus loin

12. À quel autre mythe des *Métamorphoses* peut-on comparer l'histoire de Philémon et Baucis ? Quels éléments ont-ils en commun ?
13. Par quel prodige les dieux se font-ils connaître ? Dans quel autre texte célèbre un prodige comparable est-il mis en scène ? Dans les deux cas, quelle est la finalité du prodige ?

✻ *À retenir*

L'hospitalité est une valeur essentielle dans les mondes grec et romain. Elle crée des liens indissolubles entre ceux qui la pratiquent. Plusieurs épisodes des poèmes homériques illustrent ce fondement des sociétés traditionnelles. Refuser l'hospitalité à un voyageur nécessiteux est un acte condamnable. Si les personnages de Philémon et Baucis incarnent cette vertu, la fable des paysans lyciens montre ce à quoi il faut s'attendre lorsqu'on refuse de se plier à cet usage.

Orphée et Eurydice

Cet épisode, l'un des plus célèbres de la mythologie, raconte comment le poète Orphée, ayant perdu sa jeune épouse Eurydice, mordue par un serpent le jour même de leurs noces, décide de la faire revenir d'entre les morts.

LORSQUE LE POÈTE du Rhodope[1] l'eut assez pleurée à la surface de la terre, il voulut mettre à l'épreuve les ombres mêmes et osa descendre jusqu'au Styx[2] par la porte du Ténare[3]. Passant au milieu des peuples légers et des fantômes de ceux qui avaient reçu sépulture, il aborda Perséphone[4] et le maître qui règne sur le lugubre royaume des ombres. Accompagnant son chant de sa lyre, il dit : « Ô divinités de ce monde souterrain où nous retombons tous, nous qui avons été créés mortels, s'il est possible et si vous permettez que, sans détour ni mensonge, je dise la vérité, je ne suis pas descendu jusqu'ici pour voir le sombre Tartare[5] ni pour enchaîner les trois gueules hérissées de serpents du monstre né de Méduse[6]. La cause de ce voyage est mon épouse : une vipère sur laquelle elle avait marché lui a injecté son venin, lui ravissant ses jeunes années. J'ai voulu pouvoir supporter ce malheur et avoue avoir essayé ; l'Amour a été plus fort. Ce dieu est bien connu dans les régions supérieures. L'est-il également ici ? Je ne sais. Je devine pourtant qu'il l'est si cette vieille histoire d'enlèvement[7]

1. **Rhodope :** mont de Thrace, région dont Orphée est originaire.
2. **Jusqu'au Styx :** voir note 4, p. 22.
3. **La porte du Ténare :** le cap du Ténare est l'extrémité d'une presqu'île du sud du Péloponnèse ; les Anciens pensaient qu'une des entrées des Enfers s'y trouvait.
4. **Perséphone :** épouse de Pluton (Hadès), roi des Enfers.
5. **Le sombre Tartare :** voir note 1, p. 22.
6. **Les trois gueules hérissées de serpents du monstre né de Méduse :** il s'agit de Cerbère, le chien à trois têtes, gardien des Enfers. Méduse est un monstre féminin dont le pouvoir est de pétrifier.
7. **Cette vieille histoire d'enlèvement :** selon la légende, Perséphone avait été enlevée par Hadès (Pluton), qui était amoureux d'elle.

n'est pas mensongère : vous aussi, l'amour vous a unis. Par ces lieux emplis de terreur, par cet immense chaos et par ce vaste royaume du silence, je vous en prie, renouez le fil trop tôt coupé de la vie d'Eurydice[1]. Tout vous est dû et, après nous être un peu attardés, nous nous hâtons tôt ou tard vers le même séjour. Nous arrivons tous ici, c'est notre dernière demeure, et vous êtes ceux qui règnent le plus longtemps sur le genre humain. Elle aussi, lorsque, prête pour la mort, elle aura vécu son juste nombre d'années, elle sera sous vos lois. Je ne demande pas que vous me la donniez, mais que vous me laissiez profiter d'elle. Et si les destins refusent cette faveur pour mon épouse, je suis résolu à ne pas m'en retourner : réjouissez-vous de notre double mort. »

Tandis qu'il parlait ainsi et qu'il s'accompagnait de sa lyre, les âmes exsangues pleuraient. Tantale renonça à atteindre l'eau fugitive, la roue d'Ixion s'arrêta, les vautours cessèrent de déchirer le foie de leur victime, les petites-filles de Bélus laissèrent leurs urnes vides et tu t'assis, Sisyphe, sur ton rocher[2]. On raconte qu'alors, pour la première fois, les larmes mouillèrent les joues des Euménides[3], vaincues par le chant. Ni l'épouse royale ni celui qui règne sur les Enfers ne peuvent résister à ces prières ; ils appellent Eurydice. Elle était au milieu des ombres nouvellement arrivées et s'avança d'un pas retardé par sa blessure. Orphée du Rhodope la reçoit assortie de cette condition : il ne devra pas tourner ses regards en arrière avant d'avoir quitté les vallées de l'Averne[4] ; sinon, la faveur sera rendue vaine. Au milieu d'un profond silence, ils empruntent un sentier en pente, escarpé, obscur et couvert

---

1. **Renouez le fil trop tôt coupé de la vie d'Eurydice :** le mythe veut que la vie des mortels soit un fil que les trois Parques, déesses du Destin, filent, déroulent et coupent.
2. **Tantale renonça à atteindre l'eau fugitive [...] tu t'assis, Sisyphe, sur ton rocher :** Ovide énumère les suppliciés les plus célèbres des Enfers.
3. **Euménides :** déesses violentes qui ne reconnaissent pas l'autorité des dieux. Elles sont analogues aux Parques, ou Destinées, qui n'ont d'autres lois qu'elles-mêmes, et auxquelles Jupiter lui-même doit obéir. Elles demeurent aux Enfers et leur fonction essentielle est la vengeance du crime.
4. **L'Averne :** le lac Averne, en Italie, était voisin d'une autre entrée des Enfers.

d'un épais brouillard. Ils n'étaient pas loin d'atteindre la surface de la terre lorsque Orphée, craignant qu'Eurydice ait disparu et impatient de la regarder, tourna son regard amoureux. Aussitôt, elle recula et, tendant les mains pour essayer d'être retenue et de le retenir, la malheureuse ne saisit que l'air fugace. En mourant pour la seconde fois, elle n'adressa aucune plainte à son époux – de quoi se plaindrait-elle si ce n'est d'être aimée ? – mais lui dit un dernier « adieu », qu'il ne pouvait déjà presque plus entendre, puis retourna d'où elle venait.

Frappé une seconde fois par la mort de son épouse, Orphée fut saisi d'une stupeur semblable à celle de cet homme[1] qui trembla en voyant le chien à trois têtes, celle du milieu couverte de chaînes ; la terreur ne le quitta pas avant qu'il eût changé de nature, son corps s'étant pétrifié. Semblable à Olénos qui prit sur lui la faute d'une autre et voulut passer pour coupable, et semblable à toi, malheureuse Léthaéa[2], trop confiante en ta beauté ; vous étiez jadis des cœurs étroitement unis, mais aujourd'hui vous êtes des rochers que porte l'humide Ida[3]. Il adressa en vain des prières, voulut traverser une seconde fois : le nocher[4] l'en empêcha. Il resta pourtant assis sur la rive pendant sept jours, sans prendre soin de sa personne, sans toucher aux dons de Cérès[5]. Accusant les dieux de l'Érèbe[6] d'être cruels, il se retire sur les hauteurs du Rhodope et sur l'Hémus[7] battu par les Aquilons[8]. Pour la troisième fois, le

---

1. **Cet homme :** allusion à une légende inconnue ; on peut supposer qu'il s'agit d'un homme ayant rencontré Héraclès, alors qu'il ramenait Cerbère des Enfers.
2. **Olénos [...] Léthaéa :** ils nous sont inconnus ; ils semblent avoir été mariés. Léthaéa aurait fait valoir sa beauté sur celle d'une déesse et en aurait mérité un châtiment, que son époux aurait voulu prendre sur lui. Tous deux auraient été métamorphosés en rochers.
3. **L'humide Ida :** il existe deux monts Ida, en Crète et en Asie Mineure.
4. **Le nocher :** Charon, qui fait passer sur sa barque les ombres des morts à travers le marais infernal de l'Achéron.
5. **Aux dons de Cérès :** aux aliments. Cérès est le nom romain de la déesse grecque Déméter, déesse de la Terre cultivée et du Blé.
6. **Les dieux de l'Érèbe :** autre nom désignant le monde souterrain.
7. **L'Hémus :** autre mont de Thrace.
8. **Les Aquilons :** les vents ; voir note 1, p. 26.

Titan[1] avait mis fin à l'année clôturée par les Poissons[2] habitant les mers, et Orphée avait fui l'amour des femmes, soit parce qu'il lui avait été funeste, soit parce qu'il avait juré fidélité. Beaucoup d'entre elles brûlaient pourtant du désir de s'unir au poète ; beaucoup souffrirent d'être repoussées. Ce fut lui qui apprit aux peuples de Thrace à aimer plutôt les jeunes garçons et à cueillir le bref printemps et la première fleur de l'âge qui précède la jeunesse.

Livre X, vers 11-85.

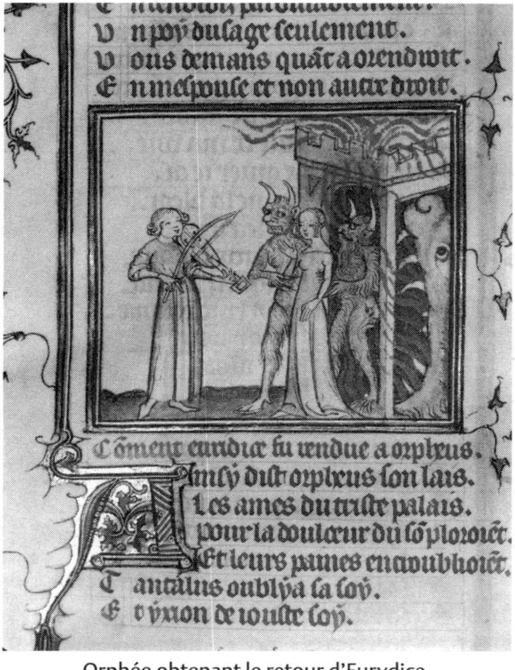

Orphée obtenant le retour d'Eurydice.

---

1. **Le Titan :** le Soleil ; voir note 1, p. 18.
2. **Pour la troisième fois [...] les Poissons :** les Poissons sont le dernier signe du zodiaque. Cette phrase signifie que trois années se sont écoulées.

Clefs d'analyse

Action et personnages

1. Quels sont les deux arguments invoqués par Orphée pour persuader les dieux ? Pourquoi sont-ils efficaces ?
2. Quels sont les effets du chant d'Orphée sur les habitants des Enfers ? En quoi est-il bouleversant ?
3. Quel détail contribue à rendre l'arrivée d'Eurydice émouvante ?
4. Que constitue pour Orphée la condition imposée par les souverains infernaux ?
5. En quoi les conditions du retour (p. 81-82, l. 42-44) rendent-elles la situation difficile pour Orphée ?
6. Quel sentiment est à l'origine de l'échec du poète ?
7. Pourquoi la douleur de perdre Eurydice une seconde fois est-elle encore plus grande ? Sur quelle idée le narrateur insiste-t-il ?
8. Quels sont les remèdes ou les consolations qu'Orphée apporte à son chagrin ?

Langue

9. Quels termes révèlent la détermination d'Orphée lorsqu'il part chercher Eurydice ?
10. Comment Orphée introduit-il sa requête (p. 80, l. 7-9) ? Que pensez-vous de cette introduction ?

Genre ou thèmes

11. Relevez l'ensemble des noms et termes qui se rapportent spécifiquement au monde infernal.
12. Comment le poète parvient-il à introduire le motif de la métamorphose dans cette fable ?
13. Quelle morale la phrase finale introduit-elle ?

Écriture

14. Imaginez qu'Orphée retourne après son échec auprès des souverains infernaux et leur tient un autre discours pour se faire pardonner son erreur. Quel serait ce discours ?
15. Cette fable évoque une autre fable, pour nous inconnue, celle d'Olénos et Léthaéa (p. 82, l. 57-61) ; en vous inspirant des légendes rapportées par Ovide, vous rédigerez la fable d'Olénos et Léthaéa.

Pour aller plus loin

16. Pouvez-vous citer d'autres histoires célèbres où le destin rend l'amour entre deux êtres impossible ?
17. Ovide énumère les suppliciés les plus célèbres des Enfers (p. 81, l. 31-34). Faites des recherches sur ces personnages.

✻ *À retenir*

Le mythe d'Orphée est l'un des plus célèbres que nous ait transmis l'Antiquité ; il n'a jamais cessé d'inspirer poètes, auteurs et artistes jusqu'à aujourd'hui. De nombreuses œuvres de l'Antiquité le célébraient et on le trouve fréquemment représenté sur les fresques, mosaïques, bas-reliefs des monuments. Il introduit deux motifs fondamentaux de la tradition littéraire européenne, la figure du poète comme homme doté du pouvoir d'enchantement et le thème de l'amour impossible.

Pygmalion

Cette légende apparue tardivement nous est connue dans le détail surtout par Ovide.

PYGMALION, parce qu'il avait constaté que les femmes vivaient dans le crime, parce qu'il était révolté par les vices dont la nature avait généreusement empli leur âme, vivait sans épouse, célibataire, et resta longtemps sans partager sa couche avec une compagne. Cependant, grâce à son merveilleux talent, il réussit à sculpter dans l'ivoire blanc comme neige un corps auquel il donna une beauté qu'aucune femme ne peut tenir de la nature. Il tomba amoureux de son œuvre. Elle a l'apparence d'une véritable jeune fille ; on dirait qu'elle vit et, si la pudeur ne l'en empêchait, qu'elle désire se mouvoir, tant l'art se dissimule sous l'art même. Pygmalion s'émerveille et son cœur s'enflamme pour cette imitation de corps. Souvent il porte ses mains sur l'œuvre pour la palper et savoir si c'est de la chair ou de l'ivoire. Il lui donne des baisers et s'imagine qu'ils lui sont rendus ; il lui parle, la serre dans ses bras et croit sentir ses doigts s'enfoncer dans la chair de son corps, craignant alors de laisser une marque bleue sur les membres qu'il presse. Tantôt il la caresse, tantôt il lui apporte ces cadeaux qui plaisent aux jeunes filles, des coquillages, des cailloux polis, de petits oiseaux, des fleurs aux mille couleurs, des lis, des balles peintes, des larmes tombées de l'arbre des Héliades[1]. Il la pare également de vêtements, met à ses doigts des pierres précieuses et de longs colliers à son cou ; à ses oreilles pendent de légères perles, sur sa poitrine des chaînettes. Tout lui va et, nue, elle ne paraît pas moins belle. Il la couche sur des tapis teints de la pourpre de Sidon[2], l'appelle sa compagne de lit et pose son cou incliné sur des coussins de plumes, comme si elle pouvait y être sensible.

---

1. **Des larmes tombées de l'arbre des Héliades :** les Héliades sont les filles de Clymène et du Soleil, sœurs de Phaéthon, métamorphosées en peupliers (voir livre II, p. 44-45). Les larmes tombées de cet arbre sont des gouttes d'ambre, une résine végétale coulant de certains arbres comme le peuplier.
2. **Pourpre de Sidon :** Sidon est synonyme de Tyr, une ville de Phénicie.

Le jour de la fête de Vénus, que tout Chypre[1] célébrait en foule, était arrivé : les génisses au cou blanc comme neige[2], dont on avait recouvert les cornes avec de l'or, étaient tombées sous le couteau, et l'encens fumait. Alors Pygmalion, s'étant acquitté de son offrande, s'arrêta devant l'autel et, d'une voix craintive, dit : « Dieux, si vous pouvez tout donner, je souhaite que mon épouse soit – il n'osa pas dire "la vierge d'ivoire" – semblable à la vierge d'ivoire. » Vénus qui, brillante d'or, assistait en personne à sa fête, comprit le sens de ce vœu et, comme présage de sa bienveillance, la flamme se ralluma trois fois et une langue de feu s'éleva dans les airs. Lorsqu'il fut revenu, Pygmalion alla vers la statue de la jeune fille, la coucha sur son lit et l'embrassa ; elle lui sembla devenir tiède. Il approcha de nouveau sa bouche et palpa la poitrine de ses mains : l'ivoire s'amollit à son toucher et, perdant sa dureté, s'enfonce sous les doigts et cède, tout comme la cire de l'Hymette[3] se ramollit au soleil, prend sous le pouce des formes variées et se prête à l'usage, plus on use d'elle. Pygmalion reste interdit, ne sait s'il doit se réjouir et craint de se tromper. L'amant palpe et repalpe de la main l'objet de ses désirs : c'était bien un corps ; les veines palpitent au contact de son pouce. Alors le héros de Paphos[4] adresse à Vénus des paroles débordantes de grâce. Sa bouche embrasse enfin une véritable bouche. La jeune fille sent les baisers qu'il lui donne et rougit. Levant un timide regard vers la lumière, elle voit en même temps le ciel et son amant. La déesse assiste à cette union, son ouvrage. Lorsque les cornes de la Lune se furent rapprochées neuf fois pour former un disque plein, la jeune femme[5] mit au monde une fille, Paphos, de laquelle l'île tient son nom.

Livre X, vers 243-297.

---

1. **Chypre :** cette île abritait un sanctuaire de Vénus très réputé.
2. **Les génisses au cou blanc comme neige :** on sacrifiait souvent aux dieux de jeunes vaches de couleur blanche.
3. **La cire de l'Hymette :** mont situé à l'est d'Athènes où l'on élevait des abeilles, célèbre pour son miel.
4. **Le héros de Paphos :** il s'agit de Pygmalion. Paphos est une île située au sud-ouest de Chypre et dont Pygmalion est originaire.
5. **La jeune femme :** il s'agit de Galatée.

Clefs d'analyse

Action et personnages

1. En quoi l'œuvre de Pygmalion est-elle exceptionnelle ? En quoi le résultat obtenu est-il paradoxal ?
2. Sous quelle forme Vénus assistait-elle aux fêtes données en son honneur ?
3. Comment l'appréhension et la surprise de Pygmalion au moment de la métamorphose se manifestent-elles ?
4. Quelles sont les étapes de la transformation de la statue en jeune fille ?

Langue

5. Relevez l'ensemble des termes se rapportant au corps ou à l'une de ses parties présents dans ce texte : quelle est la partie dominante ?
6. L'un des cinq sens domine dans ce récit : lequel ? Relevez son champ lexical.
7. Relevez l'ensemble des termes désignant un matériau.

Genre ou thèmes

8. Quelle couleur symbolise la virginité ? Étudiez sa présence dans le texte.
9. Que représente Vénus ? Pourquoi Pygmalion choisit-il de lui adresser sa prière ?

Écriture

10. Vous relaterez la transformation de la statue en jeune fille (p. 87, l. 37-51) telle que Pygmalion lui-même aurait pu la rapporter : vous rédigerez un court récit dont le sculpteur sera le narrateur.
11. Vous imaginerez les propos que le créateur, Pygmalion, aurait pu tenir à sa créature et future épouse pour lui rendre compte des conditions de son existence.

Pour aller plus loin

12. Cette fable est l'un des premiers exemples d'un motif qui parcourt la littérature occidentale, celui de l'artiste-créateur, capable d'engendrer une œuvre rivalisant avec la nature et le vivant. Vous ferez une recherche et mettrez en parallèle le mythe de Pygmalion avec d'autres récits reposant sur le même motif.

* *À retenir*

Plusieurs des fables relatées par Ovide dans *Les Métamorphoses* offrent une réflexion sur l'art et ses fondements. On parle d'« art poétique » lorsqu'un poète ou un auteur expose, dans un texte, sa conception de l'art, ou lorsqu'il livre les principes de son écriture. Les fables de Pallas et Arachné et de Pygmalion, parce qu'elles mettent en scène des artistes et illustrent les pouvoirs de l'art sont aussi pour le poète l'occasion de donner à son lecteur une définition de son œuvre.

Midas

Midas, roi de Phrygie, ayant rendu un service à Bacchus, obtient du dieu de pouvoir choisir la récompense qu'il souhaiterait recevoir.

MIDAS, qui allait faire mauvais usage de ce don, dit : « Fais que tout ce que j'aurai touché de mon corps soit changé en or fauve. » Liber[1] exauça ce souhait et lui accorda cette faveur nuisible, tout en regrettant qu'il n'ait rien demandé de mieux.

Le héros de Bérécynthe[2] s'en va heureux et se réjouit de ce qui allait causer son malheur. Pour s'assurer de la promesse reçue, il se met à toucher tout ce qu'il voit. Doutant encore de lui-même, il saisit sur une yeuse[3], à faible hauteur, une branche verte ; la branche se transforme en or. Il ramasse un caillou ; le caillou aussi prend la couleur pâle de l'or. Il prend même une motte de terre ; sous le pouvoir de son toucher, la motte devient lingot. Il cueille des épis secs ; sa moisson était de l'or. Il prend dans sa main un fruit cueilli de l'arbre ; on dirait un présent des Hespérides[4]. S'il touche de ses doigts les hautes portes du palais, on les voit rayonner. Alors même qu'il avait lavé ses mains dans l'eau limpide, l'eau qui s'en écoulait aurait pu tromper Danaé[5]. Il parvient à peine à saisir dans son esprit tous les espoirs possibles, imaginant tout en or. Tandis qu'il se réjouissait, des serviteurs apportèrent des tables chargées de plats où abonde le froment grillé. Mais alors, s'il touchait de sa main les dons de Cérès[6], les dons de Cérès dur-

---

1. **Liber :** autre nom de Bacchus, le dieu de l'Ivresse et du Vin.
2. **Le héros de Bérécynthe :** nom d'une ville et d'une montagne de Phrygie. Midas était le fils de Cybèle, la déesse adorée sur le mont Bérécynthe.
3. **Une yeuse :** un chêne.
4. **Un présent des Hespérides :** les Hespérides, nymphes du couchant, habitent à l'extrême Occident et veillent sur le jardin des dieux où poussent des pommes d'or. Ce jardin est gardé par un dragon.
5. **Danaé :** elle fut aimée de Jupiter qui s'unit à elle en se métamorphosant en pluie d'or. Voir tableau p. 142.
6. **Les dons de Cérès :** les aliments. Cérès est le nom romain de la déesse grecque Déméter, déesse de la Terre cultivée et du Blé.

cissaient. S'il se préparait à déchirer les mets de sa dent avide, une couche dorée recouvrait ces mets dès qu'il y mordait. Il avait mêlé du vin, celui de son dieu bienfaiteur, à de l'eau pure : on voyait de l'or fondu couler entre ses lèvres. Frappé de stupeur devant ce mal inouï, à la fois riche et misérable, il souhaite échapper à cette richesse et ce qu'il avait désiré naguère lui fait horreur. L'abondance ne peut apaiser sa faim : une soif desséchante brûle son gosier et cet or haï le torture par sa propre faute. Levant vers le ciel ses mains et ses bras éclatants d'or : « Pardonne-moi, Dieu du pressoir[1], je suis fautif, dit-il, mais prends pitié, je t'en supplie, et délivre-moi de ce don à l'apparence trompeuse. » La puissance des dieux est indulgente ; Bacchus le rendit à son état normal parce qu'il avouait sa faute et lui ôta la faveur qu'il avait accordée par fidélité à son engagement. « Pour ne pas rester couvert de cet or malheureusement convoité, va-t'en vers le fleuve voisin de Sardes la grande[2], remonte son cours entre les pentes de la rive jusqu'à ce que tu arrives au lieu où il prend naissance ; alors, dans sa source écumante, là où le flot le plus abondant jaillit, plonge ta tête et lave en même temps ton corps et ta faute. » Le roi se plonge dans l'eau conformément à l'ordre reçu. La vertu de l'or colora les eaux et du corps passa au fleuve. Aujourd'hui encore, puisqu'ils ont reçu le germe de l'antique filon, les champs ont la couleur de l'or pâle qui en durcit la terre humide.

Midas haïssait désormais la richesse et fréquentait les forêts, la campagne et le dieu Pan[3] qui réside dans les antres des montagnes. Mais son intelligence était toujours épaisse et sa stupidité allait, encore une fois, lui nuire. Le Tmolus[4], dominant une vaste étendue de mer, dresse son sommet escarpé sur de hautes pentes et étale ses deux flancs d'un côté jusqu'à Sardes, de l'autre jusqu'à la petite ville d'Hypaepa. Pan y vante ses mélodies auprès des jeunes

1. **Dieu du pressoir :** le pressoir est l'instrument destiné à extraire le jus du raisin. Bacchus est le dieu du Vin.
2. **Le fleuve voisin de Sardes la grande :** Sardes est une ville de Lydie ; le fleuve en question est le Pactole (voir note 5, p. 57).
3. **Le dieu Pan :** dieu des Bergers et des Troupeaux, symbole de fertilité.
4. **Le Tmolus :** montagne de Lydie. Voir note 4, p. 57.

nymphes[1] et module son chant sur des roseaux joints par de la cire. Il osa mépriser les chants d'Apollon en les comparant aux siens. Prenant le Tmolus pour juge, il engagea une compétition inégale. Le vieux juge s'assied sur sa hauteur et dégage ses oreilles du feuillage des forêts. Sa chevelure bleue est couronnée de feuilles de chêne et des glands pendent le long de ses tempes creuses. Et, regardant le dieu du bétail, il dit : « Le juge est prêt. » Pan fit entendre sa flûte rustique et, avec son chant barbare, charma Midas qui se tenait auprès de lui. Après lui, le Tmolus sacré tourna son visage vers celui de Phoebus ; toute la forêt suivit son visage. Le dieu, dont la tête blonde est couronnée de laurier du Parnasse[2], balaie le sol de son manteau teint à la pourpre de Tyr. Il tient dans sa main gauche une lyre incrustée de pierres précieuses et d'ivoire des Indes ; dans l'autre main, le plectre[3]. Son attitude même est celle d'un artiste. Alors, d'un pouce savant, il effleure les cordes. Séduit par la douceur de ses accords, le Tmolus demande à Pan de reconnaître l'infériorité des roseaux par rapport à la lyre. Le jugement et l'opinion du mont sacré conviennent à tous. Cependant ils sont discutés et qualifiés d'injustes par le seul Midas. Le dieu de Délos[4] ne peut tolérer que ces oreilles grossières gardent forme humaine. Il les allonge et les remplit de poils gris ; il leur donne une base flexible, leur permettant de se mouvoir. Le reste du corps est celui d'un homme. Midas est puni sur une seule partie de son corps : il porte les oreilles de l'âne au pas lent.

Il souhaite les cacher et, de honte, essaie de couvrir sa tête d'un bonnet de pourpre ; mais le serviteur qui avait l'habitude de couper ses longs cheveux s'en était aperçu. Il n'osait révéler cette indignité qu'il avait vue et désirait la confier aux airs. Mais il ne pouvait se taire. Il se mit à l'écart, creusa un trou dans le sol, y raconta

1. **Auprès des jeunes nymphes :** les nymphes sont des « jeunes femmes » de nature divine qui peuplent la campagne, les bois et les eaux. Elles sont les esprits de la nature en général, dont elles personnifient la fécondité et la grâce.
2. **Couronnée de laurier du Parnasse :** Apollon avait son siège sur le mont Parnasse, le siège des Muses. Le laurier est son arbre, symbole de victoire. Les neuf Muses sont sœurs et sont les déesses de la Poésie.
3. **Le plectre :** instrument qui sert à pincer les cordes de la lyre.
4. **Le dieu de Délos :** il s'agit d'Apollon, né sur l'île de Délos.

à voix basse en murmurant dans la terre creusée quelles oreilles il avait vues. Il recouvrit de terre toute trace de ses paroles et s'éloigna en silence après avoir comblé la fosse. Une épaisse forêt de roseaux frémissants se mit à pousser en ce lieu et, quand ils furent mûrs au bout d'un an, ils trahirent celui qui avait travaillé le sol. En effet, agités sous le souffle léger de l'Auster[1], ils rapportent les paroles enfouies et révèlent ce que sont les oreilles du maître.

Livre XI, vers 102-193.

Page de dédicace des *Métamorphoses*, XVIIIe siècle.

1. **Le souffle léger de l'Auster :** l'Auster est un vent du sud.

Clefs d'analyse

Action et personnages

1. Quels sont les dieux présentés dans la légende de Midas ?
2. Combien d'épisodes la fable compte-t-elle ?
3. Quels sont les sentiments de Bacchus envers le roi Midas ?
4. En quoi la situation créée par le vœu de Midas est-elle paradoxale ?
5. Quel rôle le fleuve « voisin de Sardes la grande » joue-t-il ?
6. Pourquoi Midas prend-il goût aux lieux sauvages ? En quoi ce goût s'oppose-t-il à ses premiers désirs ?
7. Comment le narrateur décrit-il Pan ? Comment décrit-il Apollon ? Que pensez-vous du rapport entre ces deux descriptions ?
8. Quelle fonction le serviteur dont il est question dans cette légende tient-il auprès de Midas ?

Langue

9. Dans le dernier paragraphe, relevez tous les termes renvoyant à l'idée de secret.

Genre ou thèmes

10. Pourquoi le jugement rendu par Midas est-il condamnable ?
11. Quel trait de caractère ce mythe illustre-t-il ?
12. Quelle phrase résume le mieux le personnage de Midas ?
13. À quoi la description du mont Tmolus (p. 92, l. 54-60) vous fait-elle penser ?
14. Pourquoi la lutte entre Pan et Apollon est-elle inégale ? Pouvez-vous citer un autre mythe mettant en scène une rivalité comparable ?

Écriture

15. Vous ferez une réécriture de l'un des deux épisodes (le vœu malheureux ou le concours de musique) de cette fable tel que Midas aurait pu le raconter ; vous garderez à l'esprit le fait que le roi de Phrygie est bête et tenterez de traduire ce trait de caractère dans la manière de présenter ce récit personnel.
16. « Cependant ils sont discutés et qualifiés d'injustes par le seul Midas » (p. 92, l. 68-69) : vous rédigerez le discours par lequel Midas argumente en faveur du talent de Pan.

Pour aller plus loin

17. Midas pensait être heureux en étant riche : quel récit des *Métamorphoses* illustre l'idée contraire ? La richesse apporte-t-elle toujours le bonheur ? Expliquez rapidement ce qu'elle apporte. Que ne peut-elle pas offrir ?
18. Connaissez-vous d'autres récits mettant en scène un âne ? Quel rôle y joue cet animal ? Que représente-t-il ?

✻ *À retenir*

Plusieurs fables des *Métamorphoses* se déroulent sur le continent asiatique, dans d'anciens royaumes tels que la Lycie ou la Phrygie (sur le sol de la Turquie actuelle). Il faut avoir à l'esprit que ces contrées étaient alors de langue et de culture grecques et qu'elles partageaient avec la Grèce et l'Italie la même mythologie.

Ulysse et Circé

Ce texte reprend un épisode célèbre de L'Odyssée. *Ovide présente néanmoins ce récit d'une manière originale, puisque c'est Macareus, un compagnon d'Ulysse (et non Ulysse lui-même, comme chez Homère), qui raconte cette aventure à Énée, le héros troyen fondateur de Rome.*

NOUS AVIONS perdu une partie de nos compagnons. Après bien des souffrances et des lamentations, nous abordons sur ces terres que d'ici, tu peux voir dans le lointain. C'est dans le lointain, crois-moi, qu'il faut la voir, cette île que j'ai visitée[1] ; et toi, ô le plus juste des Troyens, fils d'une déesse (car maintenant que la guerre est finie[2], je ne dois plus t'appeler mon ennemi, Énée), je t'avertis : fuis le rivage de Circé ! Nous aussi, après avoir amarré notre navire au rivage de Circé, nous rappelant Antiphatès et le cruel Cyclope[3], nous refusions de débarquer et d'aller sous un toit inconnu. Nous tirâmes au sort : le sort m'envoya, accompagné du fidèle Politès, d'Euryloque, d'Elpénor – trop porté sur le vin ! – et de dix-huit autres compagnons, pour reconnaître les murs de Circé. Dès que nous les atteignîmes et nous arrêtâmes devant le seuil du palais, nous vîmes avec épouvante mille loups et, mêlés aux loups, des ours et des lionnes. Mais il n'y avait rien à craindre : aucun ne semblait vouloir nous faire de mal ; au contraire, ils remuaient doucement la queue et suivaient nos pas affectueusement. Alors des servantes nous accueillent et, à travers des atriums[4] dallés de marbre, nous conduisent à leur maîtresse. Elle est solennellement assise sur un trône, dans une magnifique salle, revêtue d'une robe

---

1. **Cette île que j'ai visitée :** l'île de Circé est censée se situer près de la côte italienne, où la rencontre entre Énée et Macareus a lieu.
2. **Maintenant que la guerre est finie :** Macareus a participé à la guerre des Grecs contre Troie, la ville d'Énée.
3. **Nous rappelant Antiphatès et le cruel Cyclope :** allusion à des épisodes de *L'Odyssée*, antérieurs à celui de Circé, et où de nombreux compagnons d'Ulysse périssent.
4. **Des atriums :** l'atrium est une des pièces principales de la maison romaine.

éclatante par-dessus laquelle elle porte un manteau tissé d'or. Des Néréides[1] et des nymphes[2], qui n'étirent aucune laine de leurs doigts agiles ni ne filent le lin docile[3], disposent des graines et trient dans des corbeilles des fleurs éparpillées en désordre ainsi que des herbes aux couleurs différentes. Circé surveille leur travail ; elle seule connaît l'usage de chaque feuille ainsi que les vertus de leur mélange, et elle examine les graines que l'on pèse.

Lorsqu'elle nous vit et que nous eûmes échangé un salut, son visage s'épanouit et elle répondit à nos souhaits favorables. Sans tarder, elle ordonne qu'on prépare un mélange d'orge en grains grillés, de miel, de vin pur et de lait caillé ; elle y ajoute une potion susceptible de se dissimuler sous la douceur du breuvage. Nous prenons les coupes qu'elle nous offre de sa main divine. Dès que nous les eûmes vidées de notre bouche desséchée par la soif, et que la funeste déesse eut touché de sa baguette l'extrémité de nos cheveux – j'ai honte à le dire –, mon corps commença à se hérisser de soies[4], je ne pouvais plus parler et à la place de paroles j'émettais un grognement rauque, et je tombai en avant, la face tournée vers le sol. Je sentis ma bouche se durcir en un groin retroussé, les muscles de mon cou se gonfler et, avec ces membres qui m'avaient permis de saisir la coupe, je marchais sur le sol. Avec mes compagnons qui avaient subi le même sort – si grande est la puissance des philtres[5] ! –, je suis enfermé dans une étable. Nous vîmes Euryloque seul ne pas prendre l'apparence d'un porc. Seul il avait repoussé la coupe offerte. S'il ne l'avait pas repoussée, je ferais encore aujourd'hui partie de ce troupeau couvert de soies, Ulysse n'aurait pas été informé par lui de ce terrible malheur et ne serait pas venu chez Circé pour nous sauver. Le dieu pacificateur

---

1. **Des Néréides :** divinités marines, filles de Doris et de Nérée et petites-filles d'Océan.
2. **Des nymphes :** voir note 7, p. 34.
3. **Qui n'étirent aucune laine de leurs doigts agiles ni ne filent le lin docile :** dans le récit d'Homère, Circé et ses compagnes étaient en train de se livrer à des travaux de tissage au moment de l'arrivée des compagnons d'Ulysse.
4. **Soies :** les soies sont les poils durs des porcs.
5. **Des philtres :** un philtre est un breuvage magique.

du Cyllène[1] avait donné à Ulysse une fleur blanche[2] : les dieux du ciel l'appellent « moly » et elle a une racine noire. Protégé par elle et par les conseils du dieu, il pénètre dans la demeure de Circé et y est invité à boire la perfide coupe. Alors que Circé essayait de lui caresser les cheveux avec sa baguette, il la repoussa et, tirant son épée, l'effraya et l'obligea à renoncer. Ils échangèrent ensuite des serments et se donnèrent la main. Invité dans la chambre de Circé, il réclame comme prix de leur union de revoir les corps de ses compagnons. Elle nous asperge du jus bienfaisant d'une herbe inconnue, frappe notre tête avec sa baguette retournée et prononce des paroles contraires à celles qu'elle avait d'abord prononcées. À mesure qu'elle profère ses incantations, nous nous relevons de terre et nous redressons, nos soies tombent, nos pieds perdent la fente qui les coupait en deux, nos épaules reparaissent et des avant-bras poussent au bout de nos bras. En pleurant, nous embrassons notre chef qui pleurait aussi et restons suspendus à son cou. Nos premières paroles sont pour exprimer notre gratitude.

Livre XIV, vers 242-307.

1. **Le dieu pacificateur du Cyllène :** Mercure (voir note 4, p. 74), qui naquit sur le mont Cyllène, en Arcadie, région centrale du Péloponnèse.
2. **Une fleur blanche :** il s'agit de la fleur du lotus.

Clefs d'analyse

Action et personnage

1. Quel élément révèle d'emblée la nature merveilleuse du palais de Circé ?
2. À votre avis, pour quelle raison les bêtes rencontrées aux abords du palais ne se montrent-elles pas hostiles ?
3. Quels sont les termes qui désignent la richesse de la demeure et de ses habitants ?
4. Quel type de personnage est normalement entouré de nymphes ? Quelle est la nature de Circé ? Relevez tous les termes qui la qualifient.
5. Pourquoi le visage de Circé s'épanouit-il à l'arrivée des visiteurs ?
6. Quelles raisons ont pu pousser Euryloque à refuser le breuvage offert par la magicienne ?
7. En quoi le dénouement de ce récit le différencie-t-il des autres récits de métamorphoses présentés dans ce recueil ?

Langue

8. Étudiez l'usage des temps verbaux dans ce récit.
9. « Elle répondit à nos souhaits favorables » (p. 97, l. 29) : que signifie cette proposition ?

Genre ou thèmes

10. Combien de descriptions de métamorphoses ce récit comprend-il ? Combien de métamorphoses met-il en scène ?
11. Comment la métamorphose est-elle rapportée (p. 97, l. 33-44) ? Quelle nouveauté cette narration apporte-t-elle par rapport aux autres descriptions de métamorphoses présentes dans ce recueil ?
12. Que pensez-vous du récit de la rencontre entre Ulysse et Circé ? En quoi peut-il être ironique ?

Écriture

13. Imaginez le récit qu'Euryloque fait à Ulysse pour lui faire part de la mésaventure de ses compagnons.
14. « Ils échangèrent ensuite des serments et se donnèrent la main » (p. 98, l. 54-55) : développez dans un récit cette partie de l'histoire résumée en une phrase ; votre récit rendra compte des sentiments des deux protagonistes.
15. La fin de cet extrait ne marque pas la fin du séjour d'Ulysse chez la magicienne ; écrivez la suite des aventures d'Ulysse et de ses compagnons chez Circé.

Pour aller plus loin

16. Pour composer ce récit, Ovide s'inspire de l'un de ses principaux modèles, Homère. Les mésaventures d'Ulysse chez Circé sont en effet racontées dans le chant X de *L'Odyssée*. Vous lirez cette partie du poème d'Homère et montrerez comment Ovide reprend son modèle (éléments communs, différences).

✳ *À retenir*

L'un des grands principes de la composition littéraire chez les Anciens consiste à s'inspirer d'œuvres fameuses et à en donner une version nouvelle, plus ou moins proche du modèle. Ovide s'inspire de grands poèmes épiques (Homère, Virgile) et de tragédies célèbres. Ses lecteurs cultivés étaient capables de retrouver dans son texte les citations et allusions précises aux œuvres classiques. Le plaisir de la lecture reposait en grande partie sur la capacité à reconnaître le modèle et à distinguer la copie de l'original.

Esculape

Cet épisode raconte comment le dieu guérisseur Esculape, l'Asclépios grec, se rendit à Rome et s'y installa.

UNE TERRIBLE épidémie avait jadis infecté l'air du Latium[1] et la maladie desséchait les corps blêmes[2] et exsangues[3]. Lorsque les hommes, découragés par tant de funérailles, constatent que leurs efforts et l'art des médecins sont sans effet, ils demandent l'aide des dieux, se rendent à Delphes, le centre du monde[4], supplient l'oracle[5] de Phoebus[6] de bien vouloir les secourir dans leur malheur par une réponse salutaire et de mettre fin aux maux de leur ville, si grands. Le temple, le laurier[7] et même le carquois que le dieu porte[8] se mirent à trembler ; le trépied[9] fit entendre depuis le fond du sanctuaire ces paroles qui frappèrent les cœurs épouvantés : « Ce que tu demandes, Romain, tu aurais dû le demander en un lieu plus proche. Rends-toi maintenant en ce lieu plus proche pour diminuer le nombre des deuils, vous avez besoin non d'Apollon, mais du fils d'Apollon[10]. Allez sous d'heureux auspices[11] et faites venir mon fils. » Après avoir entendu les ordres du dieu, le sage sénat recherche la ville qu'habite le fils de Phoebus et envoie des députés qui gagneront avec l'aide des vents les rivages d'Épidaure[12].

---

1. **Latium :** région d'Italie centrale, berceau de la civilisation romaine.
2. **Blêmes :** pâles.
3. **Exsangues :** qui ont perdu beaucoup de sang.
4. **Le centre du monde :** Delphes était considérée comme le centre du monde.
5. **Oracle :** un oracle est la réponse donnée par un dieu que l'on a consulté à une question personnelle, concernant généralement le futur.
6. **Phoebus :** Apollon.
7. **Le laurier :** à Delphes poussait un laurier sacré, arbre du dieu Apollon.
8. **Le carquois que le dieu porte :** Apollon porte toujours un carquois et un arc, de même que sa sœur, Diane.
9. **Le trépied :** la Pythie, prêtresse et prophétesse de Delphes, rendait toujours ses oracles assise sur un trépied de bronze.
10. **Fils d'Apollon :** il s'agit d'Esculape.
11. **Allez sous d'heureux auspices :** soyez accompagnés de présages favorables.
12. **Épidaure :** ville qui abritait le sanctuaire d'Esculape.

Lorsque les envoyés les ont abordés sur leurs navires recourbés, ils se rendent auprès des Pères grecs[1] et demandent qu'on leur donne le dieu afin que sa présence mette fin aux deuils de la nation ausonienne[2], selon ce qu'un oracle sûr leur a dit. L'assemblée ne s'accorde pas et les avis diffèrent : certains pensent qu'il ne faut pas refuser le secours, beaucoup se montrent réticents et conseillent de ne pas se priver d'assistance en livrant leur dieu. Tandis qu'ils hésitent, le crépuscule a chassé la lumière du soir et la nuit a recouvert la terre de ses ténèbres. Alors, dans son sommeil, le dieu secourable te parut se dresser devant ton lit, Romain, mais tel qu'il est toujours dans son temple : il tenait dans sa main gauche un bâton rustique, caressait sa longue barbe de sa main droite et il prononça calmement ces paroles : « Abandonne toute crainte, je viendrai et j'abandonnerai mes images[3]. Regarde seulement ce serpent qui entoure mon bâton de ses nœuds. Souviens-t'en pour pouvoir le reconnaître lorsque tu le verras. Je prendrai son apparence, mais je serai plus grand et j'aurai la taille que prennent les corps des dieux lorsqu'ils se métamorphosent. » Aussitôt la voix et le dieu disparaissent et, avec eux, le sommeil. La lumière bienfaisante suivit immédiatement la fuite du sommeil. L'aurore nouvelle avait chassé les astres du ciel. Ne sachant que faire, les dignitaires se rassemblent dans le temple magnifique de ce dieu qu'on leur demande et prient pour qu'il leur fasse savoir par des signes divins en quel lieu il désire s'installer. Ils avaient à peine fini que le dieu, sous la forme d'un serpent doré à haute crête, s'annonça par des sifflements ; à son arrivée, sa statue, son autel, les portes, le sol de marbre et le toit doré tremblent ; il s'arrêta au milieu de l'édifice, dressé jusqu'à mi-corps, et porta tout autour de lui ses yeux étincelants. La foule effrayée tremble ; le prêtre, sa vénérable chevelure ceinte d'une bandelette blanche[4], reconnaît le dieu : « Voici le dieu, voici le dieu ! assistez-moi par vos pensées et vos langues[5], vous

1. **Pères grecs :** les sénateurs portaient le titre de « Pères ».
2. **La nation ausonienne :** le peuple italien.
3. **Mes images :** les statues de mon sanctuaire.
4. **Sa vénérable chevelure ceinte d'une bandelette blanche :** accoutrement traditionnel des prêtres grecs.
5. **Assistez-moi par vos pensées et vos langues :** formule rituelle consacrée.

qui êtes ici présents, dit-il. Toi, ô le plus grand des dieux, puisses-tu nous apparaître pour nous favoriser, viens en aide aux peuples qui vénèrent tes autels. » Toute l'assistance rend hommage au dieu qui se montre, tous répètent les paroles du prêtre et les descendants d'Énée[1] l'assistent pieusement par la pensée et la voix. Le dieu fit un signe d'approbation et, agitant sa crête en gage d'assentiment, fit entendre les sifflements répétés de sa langue vibrante. Alors il glisse sur les marches éclatantes, tourne la tête en arrière, regarde l'antique autel qu'il s'apprête à quitter et salue la demeure familière et le temple qu'il habita. Puis il rampe sur le sol jonché des fleurs qu'on lui jette, déroule ses immenses anneaux et, passant à travers la ville, se dirige vers le port protégé par une jetée incurvée. Là, il s'arrête et, d'un air paisible, paraît congédier son cortège et les hommages de la foule qui le suivait. Il se place sur le navire ausonien : la coque sent le poids du dieu et s'enfonce sous la charge.

Les descendants d'Énée se réjouissent et, après avoir sacrifié un taureau sur le rivage, détachent les cordages tressés du navire couronné de fleurs. Une brise légère avait poussé l'embarcation : le dieu la domine de toute sa hauteur et, posant sa tête sur la poupe recourbée[2], contemple les eaux azurées. Poussé sur la mer Ionienne[3] par les doux zéphyrs[4], le navire atteignit l'Italie au sixième lever de la fille de Pallas[5]. Il passe devant les rivages de Lacinium[6], célèbre pour le temple de sa déesse, et devant ceux de Scylacium. Il laisse derrière lui l'Iapygie et ses rames évitent sur la gauche les rochers d'Amphrise, sur la droite la côte abrupte de Célennie. Il longe Rométhium, Caulon et Narycie ; il franchit victorieusement les flots du détroit du Pélore sicilien, le royaume du fils d'Hippotès, les mines de Témèse, et gagne Leucosie et les champs de roses de la tiède Paestum. Ensuite il longe Caprée, le promontoire[7] de Minerve, les

---

1. **Les descendants d'Énée :** les Romains.
2. **La poupe recourbée :** la partie arrière du bateau.
3. **La mer Ionienne :** mer qui sépare la Grèce de l'Italie (aujourd'hui, mer Adriatique).
4. **Les doux zéphyrs :** les vents doux. Voir note 2 p. 19.
5. **La fille de Pallas :** Aurore.
6. **Il passe devant les rivages de Lacinium... :** ici commence une description détaillée des villes et lieux rencontrés le long des côtes italiennes.
7. **Le promontoire :** le cap.

collines de Sorrente aux riches vignobles, la ville d'Hercule, Stabies, Parthénopé, née pour le loisir, et, plus loin, le temple de la Sibylle de Cumes. Puis on gagne la région des sources chaudes, puis Literne abondante en lentisques[1] ainsi que le Volturne, qui charrie tant de sables dans ses tourbillons, Sinuesse, fréquentée par les blanches colombes, Minturnes à l'air malsain, le tombeau qu'Énée éleva à sa nourrice, le séjour d'Antiphatès, Trachas, entourée par les marais, la terre de Circé et le rivage massif d'Antium. Les matelots dirigèrent de ce côté les voiles du navire (en effet la mer commençait à s'agiter), et le dieu déroula ses anneaux, glissa sur son corps sinueux aux immenses replis et pénétra dans le temple de son père[2], voisin du rivage doré. Puis, la mer s'étant apaisée, le dieu d'Épidaure quitte l'autel paternel. Après avoir joui de l'hospitalité du dieu auquel il est uni par le sang, il laisse le sillon de ses écailles crépitantes sur le sable du rivage, remonte sur le navire par le gouvernail et appuie sa tête sur la poupe élevée. On arrive enfin à Castrum, dans la région sacrée de Lavinium et aux bouches du Tibre. Là, tout le peuple se précipite en foule : les mères, les pères viennent à la rencontre du dieu, et même celles qui gardent ton feu, troyenne Vesta[3] ; tous le saluent avec des cris de joie. Partout où le navire remonte le cours du fleuve, sur les deux rives où l'on a aligné les autels, l'encens[4] crépite et parfume l'air de ses fumées, les victimes réchauffent de leur sang le couteau du sacrifice. Et déjà on était entré dans la capitale du monde, la ville de Rome ; le serpent se dresse, tourne son cou appuyé sur le sommet du mât et regarde de tous côtés pour trouver la demeure qui lui convient. Le fleuve se divise en deux parties et entoure un lieu appelé l'Île ; il étend ses deux bras égaux le long des deux côtés de cette terre. C'est là que le serpent fils de Phoebus décida de quitter le bateau latin ; reprenant sa figure divine, il mit fin aux deuils et sauva la ville par sa venue.

Livre XV, vers 626-744.

---

1. **En lentisques :** petit arbre dont le tronc fournit une résine appelée mastic.
2. **Le temple de son père :** Apollon avait un temple à Antium.
3. **Celles qui gardent ton feu, troyenne Vesta :** les Vestales, jeunes vierges chargées d'entretenir le feu sacré apporté de Troie par Énée ; Vesta est la déesse qui préside à ce feu.
4. **L'encens :** produit à partir de la sève d'un arbre. On le faisait brûler lors des sacrifices.

Clefs d'analyse

Action et personnages

1. Dans quelle partie du monde les Romains doivent-ils se rendre pour obtenir le secours des dieux ?
2. Quelle image du dieu la description qu'en fait le poète donne-t-elle (p. 102, l. 28-30) ?
3. À qui le dieu apparaît-il en songe ? À qui s'adresse-t-il ?
4. Pourquoi le dieu serpent appuie-t-il sa tête sur la poupe du navire (p. 103, l. 67-68) ?
5. Qui voyage au cours de cette histoire ? Quels sont les points de départ et d'arrivée ?
6. Quelles étapes constituent, de la situation initiale à la situation finale, la structure narrative de ce récit ?

Langue

7. Relevez et classez tout le vocabulaire s'appliquant à la religion et au culte des dieux.
8. Relevez tous les éléments qui marquent la chronologie de ce récit.
9. Relevez les termes et expressions caractérisant le dieu Esculape sous sa forme de serpent.

Genre ou thèmes

10. À quelle pratique le ciel et la puissance divine sont-ils opposés dans ce texte ?
11. « il [...] tourne la tête en arrière, regarde l'antique autel qu'il s'apprête à quitter, et salue la demeure familière et le temple qu'il habita » (p. 103, l. 56-58) : à votre avis, que peut symboliser pour un lecteur romain cet adieu d'Esculape à son sanctuaire ?

Écriture

12. « L'assemblée ne s'accorde pas et les avis diffèrent : certains pensent qu'il ne faut pas refuser le secours, beaucoup se montrent réticents et conseillent de ne pas se priver d'assistance » (p. 102, l. 21-24) : imaginez le débat entre Grecs et Romains.
13. À son arrivée en Italie, le dieu est accueilli par une foule en liesse ; vous êtes l'un des représentants de cette foule romaine et vous racontez l'arrivée du dieu-serpent.

Pour aller plus loin

14. Connaissez-vous d'autres textes mettant en scène un serpent merveilleux ? Qu'y symbolise cette créature ? Quel rôle y joue-t-elle ?

✻ *À retenir*

Si les anciens Grecs et Romains avaient élaboré une science et une pratique médicales très complètes, ils n'en faisaient pas moins souvent appel aux dieux pour les secourir dans la maladie. Les principales divinités « guérisseuses » étaient Apollon et Esculape (Asclépios en grec), dont les sanctuaires, répandus dans tout le bassin méditerranéen, attiraient de nombreux pèlerins. En Italie, les sanctuaires consacrés à Hercule pouvaient également remplir cette fonction.

Les personnages

1. Rétablissez dans ces phrases les noms propres qui manquent :

Apollon – Arachné – Circé – Clymène – Cygnus – Deucalion – Écho – Eurydice – Icare – Jupiter – Pan – Phaéthon.

1. Orphée se rendit aux Enfers pour en ramener son épouse ....

2. Seul, le roi Midas jugea que la musique du dieu .... était supérieure à celle du dieu ....

3. .... était une célèbre tisseuse.

4. Après s'être uni à la mortelle .... , le Soleil eut pour fils ....

5. Pyrrha et son époux .... furent les seuls à survivre au déluge déclenché par les dieux.

6. La nymphe .... fut punie par Junon pour avoir aidé à dissimuler les infidélités du dieu Jupiter.

7. Philémon et Baucis reçurent un jour la visite des dieux .... et Mercure.

8. Les compagnons d'Ulysse furent victimes des enchantements de la magicienne ....

9. Peiné par la mort de Phaéthon, ... prit la forme d'un oiseau.

10. .... ne fut pas assez attentif aux avertissements de son père et vola trop près du soleil.

2. Qui parle à qui ? Retrouvez le personnage qui a prononcé ces paroles et celui à qui elles s'adressent :

1. « Ce que tu demandes, Romain, tu aurais dû le demander en un lieu plus proche. Rends-toi maintenant en ce lieu plus proche pour diminuer le nombre des deuils, vous avez besoin non d'Apollon mais du fils d'Apollon. Allez sous d'heureux auspices et faites venir mon fils. »

2. « Ton sort est celui d'un mortel ; ce que tu souhaites n'est pas pour un mortel. Ce à quoi tu aspires est même plus que ce que les dieux peuvent obtenir, inconscient que tu es. Chacun d'eux peut avoir de lui-même l'estime qu'il veut, mais aucun ne peut cependant se tenir sur le char qui porte le feu, excepté moi. »

3. « Tout vous est dû et, après nous être un peu attardés, nous nous hâtons tôt ou tard vers le même séjour. Nous arrivons tous ici, c'est notre dernière demeure, et vous êtes ceux qui règnent le plus longtemps sur le genre humain. »

4. « Ô ma sœur, ô mon épouse, ô toi qui es la seule femme qui survive, toi que notre origine commune, le lien fraternel de nos pères et ensuite notre couche ont unie à moi, ce sont désormais les dangers mêmes qui nous unissent. »

5. « Quelqu'un, ô forêts, dit-il, souffrit-il jamais plus cruellement de l'amour ? »

6. « Nul besoin d'une longue exhortation, dit-il. Déployez vos forces, il le faut. Ouvrez vos portes, écartez vos digues et laissez aller vos flots. »

7. « Que leur piété fasse d'eux des dieux, et que ceux qui ont honoré soient à leur tour honorés. »

8. « Vis, dit-elle, mais reste pendue, misérable ! Et, pour que tu perdes tout espoir en l'avenir, que le même châtiment touche ta race et tes neveux les plus éloignés. »

3. Mots croisés :

Horizontalement :

1. Inventeur de la scie.
2. Mère d'Apollon et Artémis.
3. Dieu joueur de flûte.
4. Dieu de la Médecine.
5. Amoureux de lui-même.
6. Montagne de Lydie.

Verticalement :

1. Entra en compétition avec Arachné.
2. Vieille femme pieuse.
3. Célèbre inventeur.
4. Fils de Sthénélus.
5. Épouse du roi des Enfers.
6. Échappa aux sortilèges de Circé.

Les métamorphoses

Qui se métamorphose en ? Associez chaque personnage à la métamorphose qu'il subit :

1. Macareus	a. Araignée
2. Esculape	b. Cygne
3. Perdix	c. Cigogne
4. Narcisse	d. Fleur
5. Paysans lyciens	e. Arbre
6. Philémon	f. Grenouilles
7. Cygnus	g. Porc
8. Arachné	h. Perdrix
9. Antigone	i. Serpent

L'action

Cochez la bonne réponse :

1. **Deucalion et Pyrrha furent sauvés du déluge universel par Jupiter :**
   - ☐ parce qu'ils étaient tous deux innocents et pieux.
   - ☐ parce que le roi des dieux leur devait une faveur.
   - ☐ parce qu'ils avaient adressé de nombreuses prières aux divinités.
2. **Phaéthon fut foudroyé par Jupiter :**
   - ☐ parce qu'il avait désobéi aux ordres de son père.
   - ☐ parce qu'il risquait d'incendier le monde entier.
   - ☐ parce qu'il avait offensé les dieux.

3. Cygnus fut changé en cygne :

- ☐ pour avoir commis un sacrilège.
- ☐ afin de pouvoir échapper à ses poursuivants.
- ☐ par suite de son chagrin.

4. La nymphe Écho fut punie par Junon :

- ☐ parce que cette dernière était jalouse d'elle.
- ☐ parce qu'elle aidait Jupiter à dissimuler ses adultères.
- ☐ parce qu'elle avait séduit son époux Jupiter.

5. Arachné tenait sa réputation :

- ☐ de ses talents de tisseuse.
- ☐ de sa grande beauté.
- ☐ de sa piété extraordinaire.

6. Perdix fut assassiné par Dédale :

- ☐ pour avoir causé la mort de son fils Icare.
- ☐ parce qu'il lui avait volé l'un de ses secrets.
- ☐ du fait de la jalousie de ce dernier.

7. Euryloque, compagnon d'Ulysse, ne fut pas métamorphosé en porc :

- ☐ parce que Circé était amoureuse de lui.
- ☐ parce qu'il avait refusé de boire la coupe offerte par la magicienne.
- ☐ parce qu'Ulysse était arrivé à temps pour le sauver.

Les lieux de la fable

Associez chaque épisode au lieu où il se déroule :

Athènes – Céphise – Crète – Épidaure – Éridan – Hypaepa – Lycie – Pactole – Phrygie – Thrace.

1. Deucalion et Pyrrha consultent la déesse Thémis sur les bords du fleuve ....
2. Phaéthon finit sa chute dans les eaux du fleuve ....
3. Arachné était originaire de la ville de ....
4. La .... est la terre qui enfanta la Chimère.
5. Dédale cherchait à s'échapper de l'île de ....
6. Perdix fut précipité du haut de la citadelle d' ....
7. Philémon et Baucis habitaient une modeste maison dans le royaume de ....
8. Après avoir perdu une seconde fois son épouse, Orphée fit connaître son enseignement aux peuples de ....
9. Le roi Midas lava sa faute dans les eaux du fleuve ....
10. Le dieu Esculape avait son sanctuaire à ....

Petite histoire des Métamorphoses

Auguste – châtiment – Enfers – fables – héros – hospitalité – Italie – latin – Latone – magicienne – médecine – origines – Orphée – piété

Les Métamorphoses du poète .... Ovide sont un recueil de .... mythologiques faisant intervenir divinités, ... et simples mortels. L'histoire du monde y est déroulée depuis les .... jusqu'à l'époque du premier empereur de Rome, ... Les diverses transformations que subissent les personnages ont tantôt pour origine une faute, qui donne lieu à un .... divin, tantôt sont une récompense accordée à leur .... Ainsi les paysans lyciens sont changés en grenouilles par la déesse .... pour lui avoir refusé leur eau, tandis que Philémon et Baucis deviendront des arbres inséparables en remerciement de leur .... Parfois, les dieux eux-mêmes changent d'apparence, comme Esculape, dieu de la .... , métamorphosé en serpent pour secourir les habitants de l'............... frappés par la maladie. Certaines des légendes rapportées dans le recueil comptent parmi les plus fameuses, ainsi celle du poète .... descendu aux .... pour en ramener son épouse ou celle des compagnons d'Ulysse, changés en porcs par la .... Circé.

En savoir plus sur : **www.petitsclassiqueslarousse.com**

Portrait d'Ovide.
Gravure anonyme.

POUR APPROFONDIR

POUR APPROFONDIR

Thèmes et prolongements

Structure du recueil

Face à la multiplicité des fables qui s'enchaînent de manière ininterrompue et sont parfois insérées les unes dans les autres, le lecteur des *Métamorphoses* peut se sentir égaré. On peut néanmoins essayer de proposer des hypothèses pour enfermer le poème dans une structure plus ordonnée.

Hypothèses de lecture

Ovide ayant eu des devanciers dans le genre de la métamorphose mythologique, on peut imaginer les plans que ces derniers suivaient lorsqu'ils reprenaient dans un même ouvrage les fables issues de la tradition :

– regroupement par type de métamorphoses (en oiseaux, reptiles, plantes, pierres, etc.) : ce regroupement ne correspond pas à la succession des fables dans l'œuvre d'Ovide. Mais il pourrait permettre au lecteur de relever les similitudes reliant certains des récits des *Métamorphoses* ;

– regroupement des légendes selon leur provenance : la mythologie grecque peut se lire en divers cycles, selon la partie du monde concernée par les récits. On peut ainsi parler de cycle athénien, de cycle crétois, de cycle troyen, de cycle thébain, etc. Il faut garder à l'esprit que de nombreux mythes étaient liés à l'histoire des peuples et nations de l'Antiquité et que les héros qu'ils mettaient en scène étaient souvent les fondateurs légendaires de cités ou de royaumes. Certains livres des *Métamorphoses* sont organisés selon ce principe : les livres III et IV regroupent des légendes du cycle thébain, autour du personnage de Cadmus, fondateur de la cité de Thèbes, et de sa famille ; les livres VII et VIII associent des légendes athéniennes et crétoises, les deux nations (Athènes et le royaume de Crète) étant liées par la figure de Thésée, héros fondateur d'Athènes et vainqueur du Minotaure, gardien du Labyrinthe du roi Minos de Crète ; les livres XII, XIII et XIV traitent de la guerre de Troie et de ses suites ; les livres XIV et XV reprennent des légendes liées à l'histoire de l'Italie et de Rome ;

– regroupement autour d'une divinité : ce principe ne correspond pas à l'organisation des *Métamorphoses*, même si le livre III et le début du livre IV regroupent une série de fables consacrées au dieu Bacchus ;

– regroupement autour d'une figure héroïque : le livre IX a Hercule pour héros principal.

Savoir comparer les fables

Une autre manière de lire *Les Métamorphoses*, est de relever les correspondances existant entre des récits éloignés dans le déroulement du poème mais proches dans leur contenu ou leur structure. Par exemple, les livres VII et XIV mettent en scène deux magiciennes, Médée et Circé. On pourra associer la légende de Deucalion et Pyrrha à celle de Philémon et Baucis : toutes deux racontent l'histoire d'un couple exemplaire sauvé du déluge en raison de sa piété envers les dieux. Mais on pourra tout aussi bien opposer la légende de Philémon et Baucis à celle des paysans lyciens, qui illustrent chacune un volet de la notion d'hospitalité, si chère aux Anciens. Dans les deux cas, c'est Jupiter qui est à l'origine et du déluge et du salut des deux personnages. On peut également mettre en parallèle les épisodes de Midas et d'Arachné, où deux mortels osent mettre en cause le talent d'une divinité dans la pratique de son art. L'un comme l'autre seront punis de cette impudence.

✣ Les lois de la nature

Le mythe n'est pas qu'un récit merveilleux destiné à conserver le souvenir d'une légende du passé. Il peut aussi avoir pour fonction d'expliquer le monde, d'en illustrer les lois fondamentales. La métamorphose peut être comprise comme l'une des lois de la nature.

La matière et la forme

Les premiers épisodes des *Métamorphoses* relatent la création du monde et les premiers temps de l'humanité. Or, la manière de décrire la mise en ordre du monde à partir du chaos originel est déjà une première métamorphose puisque la divinité créatrice, que le poète n'identifie pas, part de « principes » et de « germes » pour aboutir à une forme. L'histoire de la création du monde est le passage d'un matériau brut, d'une matière informe à une matière ordonnée. C'est d'ailleurs ainsi que les Anciens concevaient le monde puisque les mots par lesquels ils le désignaient (*cosmos* en grec, *mundus* en latin) signifient littéralement « ordre ».

Le premier récit du poème raconte donc l'apparition de la première forme. Avant que puissent se produire des changements de forme, il fallait qu'une forme originelle fût donnée. L'ordre ainsi créé pourra connaître des bouleversements et des modifications. La création du monde aura été la mise en forme d'une matière existante ; les métamorphoses seront à leur tour non des changements de nature mais des changements de forme.

L'ordre des choses

La partie centrale du récit de la création du monde présente un court exposé de la géographie du monde habité selon les Anciens, assorti de quelques lois physiques fondamentales, tout ce qu'il faut en somme que le lecteur sache pour pouvoir comprendre la suite des événements.

La terre habitée, qui a la forme d'un disque, est bordée par les eaux, désignées traditionnellement sous le nom d'Océan ou d'Amphitrite.

Sur le plan horizontal, deux éléments dominent donc et s'opposent, la terre et l'eau. Ce disque est divisé en cinq zones correspondant à un même nombre de zones célestes, qui sont en fait ce que nous appelons climats (climat tropical, au centre de la Terre par rapport à la ligne de l'Équateur, climat tempéré, hémisphères Nord et Sud, et climat polaire, pôles Nord et Sud). Sur le plan vertical, les quatre éléments sont disposés conformément à leur gravité, du plus lourd au plus léger : terre, eau, air, feu. Enfin, afin qu'aucun désordre ne subsiste, les vents sont répartis en quatre points cardinaux.
Lorsque les êtres vivants apparaissent, ils trouvent place dans un monde où chaque chose a sa place : chaque espèce reçoit un habitat qui lui est propre. Le monde ainsi créé est fait de frontières et de limites, de distinctions et de hiérarchies, au sommet desquelles l'homme domine. Il faut noter que le poète ne mentionne jamais la création des dieux, qui semblent avoir toujours existé.

Métamorphose et désordre

Les métamorphoses qui vont suivre sont en quelque sorte l'histoire du monde depuis sa création. Avec le temps, tout se transforme et évolue. Le déluge universel est la première métamorphose de l'histoire du monde : il bouleverse l'ordre du monde en conservant tous les êtres de la création. On se met à naviguer au-dessus des champs et l'on peut pêcher « un poisson au sommet d'un orme » ; « là où naguère de maigres chèvres broutaient l'herbe, des phoques informes posent leurs corps » ; « les dauphins occupent les forêts », « le loup nage au milieu des brebis ». C'est le monde à l'envers !
L'histoire du monde est une métamorphose sans fin, de même que le poète qualifie son œuvre de « chant sans fin ». Dans cette histoire, le passage du temps n'est pas un progrès mais une régression ou un déclin, depuis l'âge d'or jusqu'à l'âge de fer. Avec la succession des âges et des générations, les frontières initiales seront sans cesse transgressées et modifiées, par les hommes comme par les dieux. Le poète déplore cette perversion des lois du monde mais il y trouve également le sujet de son inspiration. Les notions d'ordre et de désordre sont au cœur de la poésie d'Ovide.

✣ Les différents visages de la métamorphose

Le poème relate des épisodes de nature très différente qui sont pourtant reliés par un motif central, la métamorphose. De plus, si l'on passe en revue l'ensemble des métamorphoses réunies dans ce recueil de fables, on constate des ressemblances entre elles : elles obéissent toutes au même principe de conservation ou d'analogie.

Qu'est-ce qu'une métamorphose ?

La métamorphose ne s'opère jamais au hasard. Les êtres transformés n'adoptent pas n'importe quelle forme, mais conservent toujours quelque chose de leur forme première. Cette analogie peut concerner l'apparence, l'anatomie ou encore le caractère moral.

Les cailloux lancés par Deucalion et Pyrrha deviennent des hommes en se ramollissant, mais ils ne perdent pas tout de leur dureté puisque leur partie la plus solide forme les os ; et le poète ajoute, en jouant sur les mots : « ce qui était veine conserve le même nom » (on parle en effet de veine d'un minéral).

Lorsque des êtres humains sont transformés en arbres, comme dans les légendes des Héliades ou de Philémon et Baucis, l'analogie entre la structure de l'arbre et celle de l'homme préside à la transformation : la chevelure devient feuillage, les bras branches et les doigts rameaux, le corps tronc et les pieds racines. Pour les Héliades, leurs larmes seront sève.

Dans de nombreux cas, c'est le caractère ou la psychologie des personnages qui se retrouvent dans l'être nouveau qu'ils deviennent. Philémon et Baucis, unis par un amour solide, sont changés en arbres pour répondre à leur désir de fixation et de durabilité. Arachné conserve le talent de tisseuse qui faisait sa fierté. Les paysans lyciens resteront, en tant que grenouilles, des êtres attachés à leur mare boueuse et enclins à proférer menaces et injures (coassements). Les personnages conservent surtout leur nom, qui annonce d'ailleurs dès le début de la fable la forme qui sera la leur : Cygnus devient cygne, Narcisse est bien le nom d'une fleur, Arachné signifie « araignée » en grec et Perdix, perdrix.

La tentation de la métamorphose

Certains des personnages ne subissent pourtant pas de métamorphose, tels Phaéthon, Icare ou Orphée. Quelle est donc leur place dans le poème ? Les légendes dont ils sont les acteurs témoignent cependant de leur part d'un désir de changer d'être ou d'une volonté de transformer le monde. Icare comme Phaéthon manifestent le désir de s'envoler dans les airs et, ne tenant pas compte des recommandations de leur père, trouvent la mort. Tous deux sont victimes de la fougue et de l'imagination propres à leur jeunesse. En montant le char du Soleil, Phaéthon pense pouvoir devenir lui-même l'égal d'un dieu. Du père d'Icare, Dédale, le poète nous dit qu'en cherchant à être le maître de l'air, « il bouleverse les lois de la nature », pouvoir qui est le fait des dieux et non des mortels.

Orphée est également châtié pour avoir voulu être l'égal d'un dieu et bouleverser les lois du monde. Grâce au pouvoir de son chant, il pense pouvoir faire revenir son épouse de la mort. Il y parvient un moment en bouleversant l'ordre du monde infernal. De nombreux textes lui attribuent également le pouvoir de faire se mouvoir arbres et rochers ou d'adoucir les animaux les plus féroces. Mais il ne parviendra en revanche pas à inverser les lois du destin.

Ces fables sont l'illustration d'un désir bien humain, celui de contrôler les lois de la nature et de s'élever au rang de dieu. Arachné par exemple est châtiée pour avoir osé rivaliser avec une déesse. Cette démesure n'est pas permise et nombre des métamorphoses du recueil sont les punitions infligées par les dieux aux mortels présomptueux. Seuls les dieux ont réellement le pouvoir de métamorphoser.

✣ Piété et impiété

Les mondes grec et romain sont fortement emprunts de religiosité et de superstition. Le respect envers les dieux commande toutes les activités de la vie quotidienne. Même si la mythologie ne doit pas être confondue avec les croyances et la pratique religieuses, elle présente des mortels aux prises avec les puissances divines. Elle offre donc des modèles à suivre ou à fuir.

L'impiété universelle

Le tableau qu'Ovide dresse de la succession des quatre âges est celui d'un monde où toute forme de vertu disparaît peu à peu. De l'âge d'or le poète écrit : « sans justicier, sans loi, on y pratiquait spontanément la loyauté et le bien ». Avec l'âge de fer, Astrée, figure même de la piété, disparaît : la disparition des vertus originelles entraîne l'apparition des mauvais penchants tels la guerre ou le désir de richesses. Les dieux immortels ont d'ailleurs une responsabilité dans la naissance du crime puisque l'âge d'argent est ouvert par le crime de Jupiter contre son propre père Saturne. Le roi des dieux est donc à l'origine de l'impiété. Commence alors le cycle des saisons, qui met fin à l'éternel printemps.

Nombre des métamorphoses rapportées par Ovide ont pour origine un acte criminel ou impie. Dédale est animé par un orgueil et une ambition qui le poussent à assassiner son neveu Perdix, dont le génie inventif se révèle supérieur au sien. La mort d'Icare est aussi une punition de cet orgueil de l'inventeur. Phaéthon est victime du même orgueil : la trop grande assurance que lui donne la certitude d'être le fils du Soleil le pousse à vouloir commettre un acte que seul un dieu est en mesure d'accomplir.

Suivant l'exemple de Jupiter, les divinités ne sont pas exemptes d'actes répréhensibles. La condamnation d'Écho à ne plus pouvoir faire libre usage de la parole a pour cause la colère et la jalousie de Junon à l'égard des infidélités de son époux. C'est ce qu'a bien compris Arachné lorsqu'elle choisit de représenter sur sa toile tissée les escapades amoureuses de dieux déguisés.

Les exemples de la piété

Tout n'est cependant pas perdu. Au milieu du déluge universel, le sauvetage de Deucalion et Pyrrha laisse entrevoir une lueur d'espoir. Ce couple, uni par un amour très profond, est pieux à la fois envers les dieux et envers les ancêtres. Ce respect à l'égard du divin et des Anciens représente les deux visages de la piété antique. Après le déluge, leur premier acte est de rendre hommage à Thémis, personnification de la justice.

Au livre VIII, Ovide renouvelle ce thème de la méchanceté des hommes punie par les dieux au moyen de la légende de Philémon et Baucis, autre couple uni par l'amour. Dans cette légende, peut-être imaginée par lui, toute une race subit le déluge à l'exception du vieux couple. Sans savoir qu'ils reçoivent des dieux dans leur maison, les deux vieillards se comportent avec bonté et générosité envers les étrangers qui leur ont demandé l'hospitalité. Leur souhait final, n'être jamais séparés, révèle la force du sentiment qui les unit.

Le cas d'Orphée est plus complexe. Le chantre du Rhodope, comme Ovide le désigne, fait preuve d'une fidélité exceptionnelle et irréprochable envers son épouse Eurydice, qu'il n'a même pas eu le temps de connaître puisqu'elle trouve la mort le jour de ses noces. C'est pourtant ce sentiment d'amour qui mène le poète à sa perte. La crainte que son Eurydice ne le suive pas entraîne Orphée à commettre l'irréparable en se retournant. C'est un amour exemplaire qui est puni dans cette fable. Pourquoi les dieux sacrifient-ils ainsi un sentiment si noble ? Porté par son amour, Orphée s'est cru autorisé à bouleverser les royaumes infernaux et les lois du destin, oubliant le respect et la crainte que les puissances divines doivent inspirer aux mortels. Quelles que soient les vertus des mortels, la soumission à la volonté divine prime dans ce monde où le divin est susceptible de se manifester en tous lieux et à tout moment.

Textes et images

✥ La métamorphose à travers les âges

En tant que processus de transformation et jeu sur les formes, la métamorphose offre aux artistes et aux créateurs un motif de choix pour donner libre cours à leur imagination et à leur talent. *Les Métamorphoses* d'Ovide ont pu donner lieu, à travers l'histoire, à de nombreuses adaptations et relectures, en littérature comme dans les arts figurés. Des auteurs plus proches de nous se sont emparés de ce thème, devenu universel, sans pour autant faire référence à Ovide.

Documents :

❶ Le Bassin de Latone, au parc du château de Versailles, par André Le Nôtre (1668).

❷ Frontispice d'une édition des *Métamorphoses* (1731).

❸ Arachné, gravure de Gustave Doré pour son édition de *L'Enfer* de Dante (1861).

❹ Franz Kafka, *La Métamorphose* (1915). Traduction de B. Vergne-Cain et G. Rudent, Le Livre de Poche-Librairie générale française, 1988.

❺ Marie Darrieussecq, *Truismes*, P.O.L., 1996.

Textes et images

❶

Textes et images

2

3

Textes et images

4 [Gregor Samsa, représentant de commerce, se réveille un matin, métamorphosé en insecte.]

Lorsque Gregor Samsa s'éveilla un matin, au sortir de rêves agités, il se trouva dans son lit métamorphosé en un monstrueux insecte. Il reposait sur son dos qui était dur comme une cuirasse, et, soulevant un peu la tête, il apercevait son ventre bombé, brun, divisé par des arceaux rigides, au sommet duquel la couverture du lit, sur le point de dégringoler tout à fait, ne se maintenait que d'extrême justesse. D'impuissance, ses nombreuses pattes, d'une minceur pitoyable par rapport au volume du reste, papillonnèrent devant ses yeux.

« Qu'est-il advenu de moi ? » pensa-t-il. Ce n'était pas un rêve. Sa chambre, une vraie chambre humaine quoiqu'un peu trop petite, était là, paisible entre les quatre murs familiers. Au-dessus de la table, sur laquelle se trouvait déballée une collection d'échantillons de tissus – Samsa était voyageur de commerce –, était accrochée la gravure qu'il avait découpée peu auparavant dans une revue illustrée, et placée dans un joli cadre doré. Cela représentait une dame portant une toque et un boa de fourrure, assise bien droite, qui tendait vers le spectateur un volumineux manchon de fourrure où tout son avant-bras disparaissait.

Le regard de Gregor se tourna ensuite vers la fenêtre, et le temps maussade – on entendait les gouttes de pluie marteler le zinc de la fenêtre – le rendit tout mélancolique. « Est-ce que je ne ferais pas mieux de dormir encore un peu et d'oublier toute cette bouffonnerie ? » pensa-t-il. Mais c'était tout à fait irréalisable, car il avait l'habitude de dormir sur le côté droit, et dans son état présent il ne parvenait pas à se mettre dans cette position. Il avait beau se projeter vers la droite avec toute son énergie, à chaque fois il basculait en arrière, sur le dos. Il essaya peut-être cent fois, en fermant les yeux pour ne pas être obligé de voir le frétillement des pattes, et il ne s'arrêta qu'au moment où soudain il se sentit au flanc une douleur inconnue, légère et sourde.

« Mon Dieu ! » pensa-t-il, « quel métier ai-je choisi ! Tous les jours en voyage, tous les jours. Les contrariétés professionnelles sont beaucoup plus fortes qu'en travaillant sur place au magasin, avec en plus cette corvée des voyages qui m'est imposée, avec les soucis de correspondances pour le train, la mauvaise nourriture sans horaires réguliers, les relations instables avec les gens, toujours interrompues et qui ne deviennent jamais cordiales. Que le diable emporte tout cela ! » Il se sentit une légère démangeaison au ventre, en haut ; se rapprocha lentement, sur le dos, du montant du lit, afin de pouvoir mieux soulever la tête ; trouva l'endroit qui le démangeait, tout rempli de minuscules points blancs qu'il ne sut pas s'expliquer ; il voulut tâter l'endroit avec une patte, mais la retira aussitôt, car à ce contact des frissons glacés l'enveloppèrent.

5 [Tout au long du roman, l'héroïne a connu une lente métamorphose en truie. Finalement, ne pouvant plus vivre au milieu des hommes, elle décide de se rendre auprès de sa mère, à la campagne.] Désormais la plupart du temps je suis truie, c'est plus pratique pour la vie de la forêt. Je me suis acoquinée avec un sanglier très beau et très viril. Je reviens souvent à la ferme, le soir. Je regarde la télévision. J'ai téléphoné à la mère du directeur de la parfumerie. J'ai tout observé depuis la forêt le jour où l'équipe d'Un seul être vous manque est venue. Ils ont trouvé mes empreintes sur le revolver à côté des cadavres, l'audimat va exploser. Mais ils peuvent toujours me chercher, maintenant. Je ne suis pas mécontente de mon sort. La nourriture est bonne, la clairière confortable, les marcassins m'amusent. Je me laisse souvent aller. Rien n'est meilleur que la terre chaude autour de soi quand on s'éveille le matin, l'odeur de son propre corps mélangée à l'odeur de l'humus, les premières bouchées que l'on prend sans même se lever, glands, châtaignes, tout ce qui a roulé dans la bauge sous les coups de patte des rêves. J'écris dès que la sève retombe un peu en moi. L'envie me vient quand la Lune monte, sous sa lumière froide je relis mon cahier. C'est à la ferme que je l'ai volé. J'essaie de faire comme me l'avait montré Yvan, mais à rebrousse-poil de ses propres méthodes : moi c'est pour retrouver ma cambrure d'humain que je tends mon cou vers la Lune.

✣ Étude des images

Savoir analyser

1. Relevez les détails qui indiquent que l'artiste cherche à citer précisément un épisode des *Métamorphoses*. Laquelle des trois vous paraît la plus exacte par rapport au texte d'Ovide ?
2. Le document 2 reprend de nombreuses fables du recueil. Essayez d'identifier chaque épisode présent sur ce frontispice.
3. Quel moment de la métamorphose l'artiste cherche-t-il à fixer ? Citez les éléments précis justifiant votre réponse. Pourquoi ce choix ?

Savoir faire

4. Vous ferez une recherche sur les fontaines et bassins de Versailles et montrerez que plusieurs d'entre eux font référence à l'œuvre d'Ovide. Comment peut-on justifier la présence d'un bassin représentant l'épisode des paysans lyciens au cœur du parc de Versailles ?

✣ Étude des textes

Savoir lire

1. Dans chacun de ces deux textes, qui est le narrateur ? Qu'est-ce qui distingue la métamorphose relatée dans le texte de Marie Darrieussecq de celles contées par Ovide ?
2. Dans l'extrait de Kafka, quel intérêt la description de la gravure encadrée présente-t-il par rapport au récit ?
3. À quelle métamorphose antique le texte de Marie Darrieussecq fait-il penser ?
4. À quoi le motif de la Lune peut-il renvoyer ?

Savoir faire

5. Pouvez-vous citer d'autres histoires où des personnes sont transformées en animal ? En vous inspirant de ces modèles, vous rédigerez un récit dont vous serez le narrateur et dans lequel vous vous trouvez métamorphosé en animal.

❖ Monstres et autres créatures hybrides

À travers le thème de la métamorphose, Ovide puise dans un imaginaire très ancien, celui des êtres hybrides qui peuplent à la fois les grands mythes classiques et les contes populaires. La confusion des règnes – minéral, animal, végétal – et la frontière entre humanité et bestialité sont en effet depuis toujours des ingrédients essentiels du fantastique.

Documents :

❶ Lapithe combattant un Centaure, métope du Parthénon, Athènes (447-433 av. J.-C.).

❷ André Legrand (d'après Charles Le Brun), *Deux têtes d'ours et deux têtes d'hommes en relation avec l'ours*, 1806 (Paris, musée du Louvre).

❸ *Thésée et le Minotaure*, groupe sculpté en bronze de Antoine-Louis Barye, 1843 (musée du Louvre).

❹ Affiche du film *X-Men, l'affrontement final*, de Brett Ratner (2006).

Textes et images

1

Pour approfondir

2

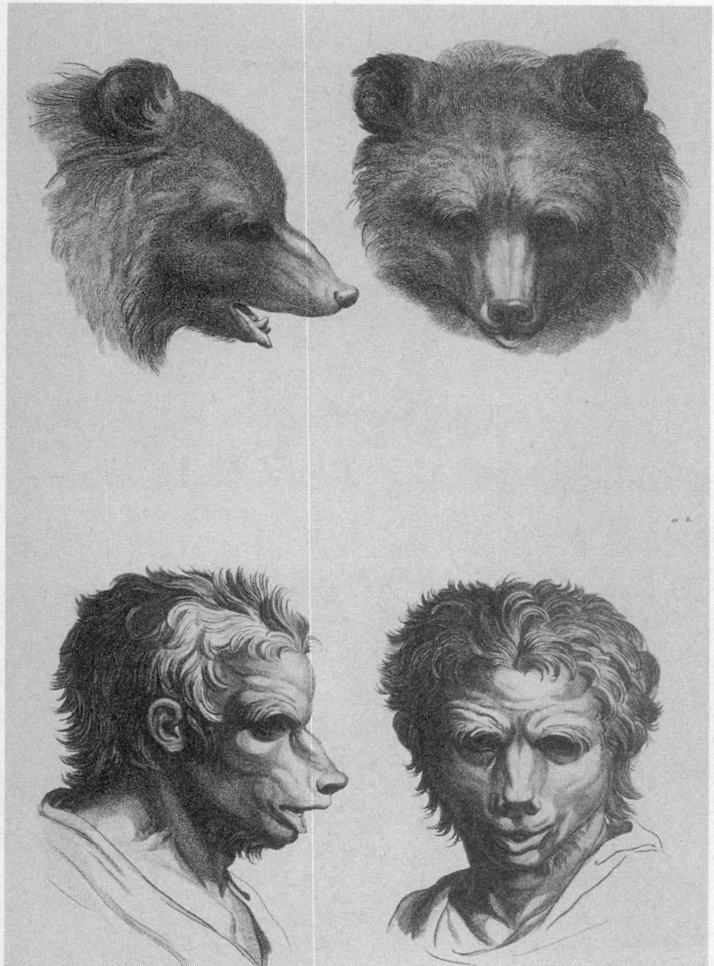

3

4

L'ULTIME CHAPITRE DE LA TRILOGIE
HUGH JACKMAN HALLE BERRY
X-MEN
L'AFFRONTEMENT FINAL
MARVEL
WWW.XMEN-LEFILM.COM

✣ Étude des images

Savoir analyser

1. À partir des exemples du Centaure et du Minotaure, vous définirez ce qui caractérise les monstres de la mythologie antique. Donnez d'autres exemples. Vous vous demanderez ensuite ce qui distingue ces monstres mythologiques des personnages métamorphosés.
2. À quelle figure légendaire l'homme-ours du document 2 peut-il faire penser ?
3. En quoi la position respective des sujets du groupe sculpté par Barye (document 3) peut-elle suggérer la métamorphose ?

Savoir faire

4. À quelles figures légendaires, inspirées des *Métamorphoses* ou d'autres textes célèbres, les X-Men peuvent-ils être assimilés ?
5. À quels enjeux du monde contemporain ces figures légendaires renvoient-elles ? Développez votre réponse.

Langue et langages

Exercice 1 : Pallas et Arachné, livre VI, v. 7-145, p. 57-61.

1. Quel temps verbal caractérise le premier paragraphe de cet extrait (p. 57, l. 1-19) ? À quel temps le reste du récit est-il narré ? Quelles observations pouvez-vous faire quant à cet usage des temps ?
2. « la laine spongieuse » (p. 57, l. 2-3) : que signifie cet adjectif ?
3. Lignes 23-38, p. 58 : rédigez l'adresse de Pallas à Arachné et la réponse de cette dernière au discours indirect.
4. Lignes 49-64, p. 58-59 : relevez l'ensemble des compléments circonstanciels de moyen présents dans ce paragraphe.
5. « on le voit embrasser [...] et pleurer [...] » (p. 60, l. 91-92) : à quel mode ces verbes sont-ils ? Remplacez-les par une proposition subordonnée relative.
6. Lignes 92-119, p. 60-61 : relevez l'ensemble des pronoms personnels présents dans ce paragraphe et commentez leur emploi.
7. « On y voit » (p. 61, l. 112 et l. 115) : que désigne « y » ? Quelle est la nature de ce mot ?
8. « la toile où sont représentés les crimes des dieux » (p. 61, l. 121-122) : donnez la nature et la fonction de « où ».
9. Écriture : parmi les différents épisodes de métamorphose représentés sur les toiles de Pallas et d'Arachné, choisissez-en un et renseignez-vous sur la légende concernée. Vous rédigerez ensuite un récit développé de cette métamorphose.

Petite méthode

On se sert du **présent** pour évoquer une action qui se déroule au moment où l'on parle. Ce temps est également employé pour énoncer une **vérité générale** ou une **habitude**. Dans un récit au **passé**, le présent, dit présent **« de narration »**, permet de rendre le récit plus vivant. Il donne au lecteur l'impression que la scène se déroule sous ses yeux.

Exercice 2 : Ulysse et Circé, livre XIV, v. 242-307, p. 96-98.

1. Quels sont les deux temps dominant ce récit ? Relevez quelques exemples.
2. « cette île que j'ai visitée » (p. 96, l. 4) : comment expliquez-vous l'accord du participe passé ?
3. « le lin docile » (p. 97, l. 23) : pourquoi le lin est-il qualifié ainsi ? Quels autres adjectifs pourraient convenir pour exprimer la même idée ?
4. « les graines que l'on pèse », « elle ordonne qu'on prépare » (p. 97, l. 27 et 30) : qui ce « on » désigne-t-il ? Quelle est la nature de ce mot ?
5. « Dès que nous les eûmes vidées [...] et que la funeste déesse eut touché [...] » (p. 97, l. 33-35) : à quel temps sont ces deux verbes ? Justifiez l'usage de ce temps. Cherchez un autre verbe employé au même temps.
6. « je ne pouvais plus parler et à la place des paroles j'émettais un grognement rauque, et je tombai en avant, la face tournée vers le sol. » (p. 97, l. 37-39) : à quel(s) temps ces trois verbes sont-ils ? Justifiez cet usage des temps.

7. « Je sentis ma bouche se durcir en un groin retroussé, les muscles de mon cou se gonfler » (p. 97, l. 39-40) : à quelle forme les verbes à l'infinitif sont-ils employés ? Cherchez, dans le texte, une autre forme verbale analogue.
8. « S'il ne l'avait pas repoussée, [...], et ne serait pas venu chez Circé pour nous sauver. » (p. 97, l. 45-48) : à quel mode cette phrase est-elle rédigée ?
9. Écriture : grâce à Euryloque, Ulysse est averti de la mésaventure de ses compagnons et peut se prémunir contre les sortilèges de Circé. Imaginez qu'Euryloque n'ait pas repoussé la coupe offerte et qu'Ulysse se soit rendu au palais de Circé sans savoir ce que ses compagnons étaient devenus ; racontez.

Petite méthode

On nomme verbe **pronominal** un verbe qui a pour complément un pronom de la même personne que le sujet (« je me lave », « ils se répondent »). Un verbe pronominal peut être de sens **réfléchi** (« il se redresse »), de sens **réciproque** (« nous nous aimons l'un l'autre ») ou de sens **passif** (« ce livre se lit vite »). Certains verbes n'existent qu'à la forme pronominale (« s'enfuir », « s'obstiner »).

Exercice 3 : *La Métamorphose* de Franz Kafka, p. 128-129.

1. Qui est le narrateur de ce récit ?
2. Relevez les verbes à l'imparfait de l'indicatif et les verbes au passé simple ; qu'est-ce qui détermine l'alternance entre ces deux temps ?

Langue et langages

3. Relevez tout le vocabulaire ayant trait aux sensations ; quel(s) sens domine(nt) cet extrait ?
4. « papillonnèrent » (p. 128, l. 8) : quel est le sens de ce verbe ? Quel autre terme de cet extrait exprime la même idée ?
5. « Samsa était voyageur de commerce » (p. 128, l. 13) : donnez la nature et la fonction du groupe souligné.
6. « Au-dessus de la table, [...] était accrochée la gravure qu'il avait découpée peu auparavant » (p. 128, l. 11-14) : quelle est la fonction de « la gravure » ? À quelle voix le verbe « était accrochée » est-il ?
7. « un boa de fourrure » (p. 128, l. 16) : de quoi s'agit-il ?
8. « toute cette bouffonnerie » (p. 128, l. 22) : quel est le sens de cette expression ? Donnez un ou plusieurs synonymes.
9. Écriture : réécrivez ce récit à la première personne du singulier, en faisant de Gregor Samsa le narrateur de son aventure.
10. Imaginez que Gregor Samsa se réveille métamorphosé non en insecte mais en un autre animal de votre choix : en vous inspirant de cet extrait, vous rédigerez un récit comparable dans lequel vous rendrez compte des sensations et des sentiments du personnage découvrant son état.

Petite méthode

Dans un récit au **passé**, il est fréquent de voir alterner les verbes à **l'imparfait** et au **passé simple**. Le passé simple est le **temps de l'action** ; l'imparfait est plus généralement employé lorsqu'il s'agit de **décrire** un lieu ou une personne.

Outils de lecture

Petit lexique critique

Allégorie : figuration d'une idée ou d'une notion par une image, un tableau, souvent par un être vivant (personnification : l'Amour, la Mort, etc.). Dans la légende de Phaéthon, le Jour, le Mois, l'Année, les Siècles, les Heures et les Saisons sont des allégories.

Argumentation : production de discours visant à convaincre ou persuader.

Auteur : celui qui produit une œuvre (texte, tableau, etc.). L'auteur est donc une personne réelle par opposition au narrateur qui, dans un récit, est la voix relatant les faits. Ovide est l'auteur des *Métamorphoses* mais n'en est pas nécessairement le narrateur. Le narrateur fait partie du texte, l'auteur existe indépendamment de lui. Plusieurs fables des *Métamorphoses* sont narrées par des personnages du récit.

Champ lexical : ensemble de mots ou expressions se rapportant à un même thème ou à un même univers d'expérience.

Description : discours rendant compte des composantes ou caractéristiques d'un objet, d'un lieu, d'une personne. La description d'une personne est aussi appelée « portrait ».

Épopée : on appelle épopée un long récit en vers. Chez les Anciens, le vers de l'épopée est l'hexamètre dactylique, employé par Ovide dans *Les Métamorphoses*. Le sujet de l'épopée emprunte aux grands mythes fondateurs d'une nation et fait intervenir personnages héroïques et divinités. *L'Iliade* et *L'Odyssée* d'Homère ainsi que *L'Énéide* de Virgile sont des épopées. *Les Métamorphoses* sont constituées d'une suite de récits assez brefs, qui constituent plutôt de petites épopées.

Histoire : contenu du récit. Les principaux éléments d'une histoire sont le temps, le lieu, les personnages, les événements (actions, péripéties).

Narrateur : celui qui raconte l'histoire. Le personnage Lélex est le narrateur de la légende Philémon et Baucis.

Personnage/Protagoniste : personne fictive ou réelle représentée dans une œuvre.

Structure narrative : ensemble des étapes ou péripéties par lesquelles une situation initiale aboutit à une situation finale.

Outils de lecture

Scènes représentées par Pallas (Livre VI)

Un médaillon central : Pallas et Neptune se disputent Athènes.			
Hémus et Rhodope changés en montagne pour avoir offensé Jupiter et Junon.	Gérana, reine des Pygmées, changée en grue par Diane et Junon.	Antigone changée en cigogne pour avoir offensé Junon.	Filles de Cinyras transformées en marches de temple pour avoir offensé Junon.

Scènes représentées par Arachné (Livre VI)

Les aventures amoureuses des dieux et leurs métamorphoses pour pouvoir tromper l'objet de leur désir.
Jupiter changé en : – taureau pour s'unir à Europe ; – aigle pour s'unir à Astérie ; – cygne pour s'unir à Léda ; – satyre pour s'unir à Antiope ; – Amphitryon (époux d'Alcmène) pour s'unir à Alcmène ; – pluie d'or pour s'unir à Danaé ; – flamme pour s'unir à Ægina ; – berger pour s'unir à Mnémosyne ; – serpent tacheté pour s'unir à Perséphone.
Neptune changé en : – taureau pour s'unir à Canacé ; – fleuve pour s'unir à Éphimédie ; – bélier pour s'unir à Théophané ; – cheval pour s'unir à Cérès ; – oiseau pour s'unir à Méduse ; – dauphin pour s'unir à Mélantho.
Apollon changé en : – paysan pour s'unir à Admète ; – berger pour s'unir à Issé.
Liber changé en grappe de raisin pour s'unir à Érigone.
Saturne changé en cheval pour échapper à son épouse Rhéa, qui le surprit en train de s'unir à Philyra.

Bibliographie et filmographie

Lire ***Les Métamorphoses*** en version intégrale

◗ Traduction de Georges Lafaye révisée par Jean-Pierre Néraudeau, Folio/Gallimard, 1992.

Une autre œuvre de la littérature latine présentant des analogies avec le poème d'Ovide :

Apulée, ***L'Âne d'or ou Les Métamorphoses,*** traduction de Pierre Grimal, Folio/Gallimard, 1975.

◗ Le héros de ce « roman » latin se retrouve transformé en âne et va vivre sous cette forme une série d'aventures rocambolesques avant de recouvrer son apparence humaine. Le récit, qui comporte de nombreux récits enchâssés, fait intervenir magiciennes, revenants, lycanthropes, etc.

Ouvrages de référence

Charles Delattre, ***Manuel de mythologie grecque,*** Bréal, 2005.

Pierre Grimal, ***Dictionnaire de la mythologie grecque et romaine,*** Presses universitaires de France, rééditions successives.

◗ ***Les Métamorphoses*** n'ont pas connu d'adaptation cinématographique, même si certains épisodes repris par Ovide à ses prédécesseurs ont pu être portés au cinéma (guerre de Troie, aventures d'Ulysse). De nombreux films se sont inspirés de la mythologie grecque.

En revanche, le thème de la métamorphose parcourt toute la littérature fantastique et de nombreux films relevant de ce genre exploitent ce motif.

Crédits photographiques

Couverture	**Dessin Alain Boyer**
7	repris pages 11 et 93 : Coll. Archives Larousse
23	Coll. Archives Larousse
54	Bibliothèque nationale de France, Paris – Coll. Archives Larousse
83	Bibliothèque de Lyon – Coll. Archives Larousse
114	Bibliothèque nationale de France, Paris – Ph. Coll. Archives Larbor
125	© Gilles Rigoulet / hemis.fr
126	Bibliothèque nationale de France, Paris – Ph. Coll. Archives Larbor
127	Coll. Archives Larousse
132	British Museum, Londres – Coll. Archives Larousse
133	Musée du Louvre, Paris © René-Gabriel Ojéda / RMN
134	Musée Bonnat, Bayonne © René-Gabriel Ojéda / RMN
135	Prod DB © 20th Century Fox / DR

Direction de la collection : Carine GIRAC-MARINIER
Direction éditoriale : Jacques FLORENT
Édition : Marie-Hélène CHRISTENSEN
Lecture-correction : service lecture-correction LAROUSSE
Recherche iconographique : Valérie PERRIN, Agnès CALVO
Direction artistique : Uli MEINDL
Couverture et maquette intérieure : Serge CORTESI, Sophie RIVOIRE, Uli MEINDL
Responsable de fabrication : Marlène DELBEKEN

Photocomposition : CGI
Impression : chez Rotolito Lombarda (Italie)
Dépôt légal : Janvier 2010 – 303458
N° Projet : 11015373 – Février 2011